归潜志
乐郊私语

[金] 刘祁 [元] 姚桐寿 撰　黄益元 李梦生 校点

图书在版编目(CIP)数据

归潜志　乐郊私语 /（金）刘祁（元）姚桐寿撰；
黄益元 李梦生校点. —上海：上海古籍出版
社，2012.12(2023.8 重印)
（历代笔记小说大观）
ISBN 978-7-5325-6367-8

Ⅰ.①归… ②乐… Ⅱ.①刘… ②姚… ③黄…
④李… Ⅲ.①笔记小说-小说集-中国-清代
Ⅳ.①I242.1

中国版本图书馆 CIP 数据核字(2012)第 045493 号

历代笔记小说大观

归潜志　乐郊私语

［金］刘　祁［元］姚桐寿　撰

黄益元　李梦生　校点

上海古籍出版社出版发行

（上海市闵行区号景路 159 弄 1-5 号 A 座 5F　邮政编码 201101）

（1）网址：www.guji.com.cn

（2）E-mail: guji1@guji.com.cn

（3）易文网网址：www.ewen.co

常熟文化印刷有限公司印刷

开本 635×965　1/16　印张 9　插页 2　字数 118,000
2012 年 12 月第 1 版　2023 年 8 月第 2 次印刷
印数：2,101—3,200
ISBN 978-7-5325-6367-8

I·2521　定价：25.00 元

如有质量问题,请与承印公司联系

总　目

归 潜 志

［金］刘　祁　撰

黄益元　校点

校 点 说 明

《归潜志》十四卷,金刘祁撰。

刘祁(1203—1250),字京叔,号神川遁士,浑源(今属山西)人。出身金代世宦家庭。八岁起即随祖、父游宦汴京(金初称南京),结识显宦名流。举进士不第,闭门读书。壬辰岁(1232),亲历汴京陷落。辗转流离两年后,返乡筑室曰"归潜",撰《归潜志》。入元后应试南京,登魁首,任山西东路考试官,后为征南行台拈合幕府,卒年四十八。另有《神川遁士集》二十卷(今残存一卷)。

《归潜志》是刘祁于金亡次年(1235)对金朝覆亡的痛定思痛之作。以其二十年间"所闻多见","因暇日记忆,随得随书",多为金末历史的珍贵资料。前六卷为金代闻人小传,第七至第十卷杂记遗事轶闻,卷十一《录大梁事》记金哀宗亡国始末,卷十二记为叛将崔立立碑事并论金代兴亡之由。末两卷附录其他诗文。《金史·完颜奴申传》赞称:"刘京叔《归潜志》与元裕之《壬辰杂编》二书虽有异同,而金末丧乱之事犹有足征者。"如《金史·哀宗本纪》及李之纯、赵秉文等传,直接取材于本书;而本书"拖雷渡汉江"、"刘元规使北"、"金代钞法"等条,多能纠正史有关年月、姓名、官爵、纪事之误。

本书最早为元至大辛亥(1311)孙和伯刊行十四卷本。明代流行抄本八卷。清乾隆间,鲍廷博于莱阳太守赵起杲处抄得十四卷本,参诸本互校,并采《中州集》、《金史》作注,附录了有关佚文,刻入《知不足斋丛书》。此外，尚有《四库全书》本、《学海类编》本等。

　　现以《知不足斋丛书》本为底本，参诸本互校、标点，遇异文择善而从，不出校记。

目　　录

归 潜 志 序

余生八年，去乡里，从祖父游宦于大河之南。时南京为行宫，因得从名士大夫问学。不幸弱冠而先子殁。其后进于有司，不得志，将归隐于太皞之墟。一旦遭值金亡，干戈流落，由魏过齐入燕，凡二千里。甲午岁，复于乡，盖年三十二矣。因思向日二十余年间所见富贵权势之人，一时烜赫如火烈烈者，迨遭丧乱，皆烟销灰灭无余，而吾虽贫贱一布衣，犹得与妻子辈完归，是亦不幸之幸也。由是以其所以经涉忧患与夫被攻劫之苦、奔走之劳，虽饭蔬饮水，囊中无寸金，未尝蒂诸胸臆。独念昔所与交游，皆一代伟人，人虽物故，其言论、谈笑，想之犹在目。且其所闻所见可以劝戒规鉴者，不可使湮没无传，因暇日记忆，随得随书，题曰《归潜志》。"归潜"者，予所居之堂之名也。因名其书，以志岁月，异时作史，亦或有取焉。

岁乙未，季夏之望，浑源刘祁京叔自叙。

卷一

金海陵庶人读书有文才，为藩王时，尝书人扇云："大柄若在手，清风满天下。"人知其有大志。正隆南征，至维扬，望江左赋诗云："屯兵百万西湖上，立马吴山第一峰。"其意气亦不浅。

宣孝太子，世宗子，章宗父也，追谥显宗。好文学，作诗善画，人物、马尤工，迄今人间多有存者。

章宗天资聪悟，诗词多有可称者。《宫中》绝句云："五云金碧拱朝霞，楼阁峥嵘帝子家。三十六宫帘尽卷，东风无处不扬花。"真帝王诗也。《命翰林待制朱澜侍夜饮》诗云："夜饮何所乐，所乐无喧哗。三杯淡醽醁，一曲冷琵琶。坐久香成穗，夜深灯欲花。陶陶复陶陶，醉乡岂有涯？"《聚骨扇》词云："几股湘江龙骨瘦，巧样翻腾，叠作湘波皱。金缕小钿花草斗，翠绦更结同心扣。金殿日长承宴久，招来暂喜清风透。忽听传宣须急奏，轻轻褪入香罗袖。"又《擘橙为软金杯》词云："风流紫府郎，痛饮乌纱岸。柔软九回肠，冷怯玻璃碗。纤纤白玉葱，分破黄金弹。借得洞庭春，飞上桃花面。"尝为《铁券行》数十韵，笔力甚雄。又有《送张建致仕归》、《吊王庭筠下世》诗，具载《飞龙记》中。

豫王允中，世宗第四子也。好文，善歌诗，有《乐善老人集》行于世。

密国公璹字仲宝，世宗之孙，越王允常之子也。幼有俊才，能诗，工书，自号樗轩居士。宣宗南渡，防忌同宗，亲王皆有门禁。公以开府仪同三司奉朝请。家居止以讲诵、吟咏为乐。时时潜与士大夫唱酬，然不敢彰露。正大间，余入南京，因访僧仁上人，会公至，相见欣然。其举止谈笑，真一老儒，殊无骄贵之态。后因造其第，一室萧然，琴书满案，诸子环侍无俗谈，可谓贤公子矣。乃出其所藏书画数十轴，皆世间罕见者。后余适陈，送以二诗，甚佳。又为予先子集作后序。一时文士如雷希颜、元裕之、李长源、王飞伯皆游其门。飞伯尝有诗云:"宣平坊里榆林巷,便是临淄公子家。寂寞画堂豪贵少,时容词客听琵琶。"盖实录也。天兴初,北兵犯河南,公已卧疾。予候之,因论及时事,公曰:"敌势如此,不能支,止可以降,全吾祖宗;且本边塞,如得完颜氏一族归我国中,使女直不灭,则善矣,余复何望?"尔后数月薨。五子,幼曰守禧,字庆之,年少,亦有俊才,作诗与字画亦可喜。状貌白皙,丰神秀彻如仙人,公特钟爱。尝会予,指其书画曰:"将以付斯人。"公薨,崔立之变,皇族皆聚于禁中。将北迁,庆之病死,年未三十。公平生诗文甚多,晚自刊其诗三百首、乐府一百首,号《如庵小稿》,赵闲闲序之,行于世。其佳句有《闻闲闲再起为翰林》云:"莲烛光中久废吟,一朝超擢睿恩深。四朝耆旧大宗伯,三纪声名老翰林。人道蛟龙得云雨,我知麋鹿强冠襟。宝岩谾谷西窗梦,不信秋来不上心。"又《过胥相墓》云:"亭亭华表立朱门,始信征南宰相尊。下马读碑人不识,夷山高处望中原。"甚有唐人远意。又绝句:"孟津休道浊于泾,若遇承平也敢清。河朔几时桑柘底,只谈王道不谈兵。"不可谓无志者也。

赵学士秉文,字周臣,磁州滏阳人。少擢第,作诗及字画有名。王庭筠子端荐入翰林。因言事忤旨,外补。后再入馆,为修撰、待制,转礼部郎中。出典岢岚、平定、宁边三郡。南渡,为直学士,迁侍读,拜礼部尚书,致仕。再起为礼部,改翰林学士。天兴改元夏五月卒,年七十三。公幼年诗与书皆法子端,后更学太白、东坡,字兼古今诸家学。及晚年,书大进。诗专法唐人,魁然一时文士领袖,寿考康宁爵位,士大夫罕及焉。性疏旷,无机凿。治民镇静,不生事。在朝循循无异言。家居未尝有声色之娱,夫人卒,不再娶。断荤肉,粗衣粝食不恤也。酷好学,至老不衰。后两目颇昏,犹孜孜执卷钞录。上至六经解,外至浮屠、庄老、医学丹诀,无不究心。其所著有《太玄解》、《老子解》、《南华指要》、《滏水集》、《外集》,无虑数十万言。自号闲闲居士云。

李翰林纯甫,字之纯,宏州襄阴人。祖安上,尝魁西京进士。父采仲文,卒于益都府治中。公幼颖悟异常儿。初为词赋学,后读《左氏春秋》,大爱之,遂更为经义学。逾冠,擢高第,名声烨然。为文法庄周、左氏，故其词雄奇简古。后进宗之，文风由此一变。又喜谈兵，慨然有经世志。泰和南征，两上疏，策其胜负。章宗咨异，给送军中，后多如所料。宰执奇其文，荐入翰林。及北方兵起，又上疏论事，不报。宣宗南渡，再入翰林。时丞相朮虎高琪擅权，擢为左司都事。公审其必败，以母老辞去。俄而高琪诛死，识者智之。再入翰林，连知贡举。正大末，由取人逾新格，出倅坊州，未赴，改京兆府判官，卒于南京，年四十七。公为人聪敏，于学无所不通。少自负其才，谓功名可俯拾，作《矮柏赋》，以诸葛孔明、王景略自期。由小官上万言书，援宋为证，甚切。当路者以迂阔见抑，士论惜之。中年度其道不行，益纵酒自放，无仕进意。得官未尝成考，旋即归隐。居闲，与禅僧、士子游，惟以文酒为事。啸歌袒裼，出礼法外，或饮数月不醒。人有酒见招，不择贵贱，必往，往辄醉。虽沉醉，亦未尝废著书。至于谈笑怒骂，灿然皆成文理。天资喜士，后进有一善，极口称推，一时名士，皆由公显于世。又与之拍肩尔汝，志年齿相欢。教育、抚摩，恩若亲戚。故士大夫归附，号为当世龙门。尝自作《屏山居士传》，末云："雅喜推借后进。"如周嗣明、张毅、李经、王权、雷渊、余先子姓名、宋九嘉，皆以兄呼。而居士使酒玩世，人忤其意，辄嫚骂之，皆其志趣也。其自赞曰："躯干短小而芥视九州，形容寝陋而蚁虱公侯，语言蹇吃而连环可解，笔札讹废而挽回万牛。宁为时所弃，不为名所囿。是何人也耶？吾所学者净名庄周。"晚自类其文，凡论性理及关佛老二家者，号"内稿"，其余应物文字如碑志、诗赋，号"外稿"，盖拟《庄子》内、外篇。又解《楞严》、《金刚经》、《老子》、《庄子》，又有《中庸集解》、《鸣道集解》，号为"中国心学、西方文教"，数十万言。尝曰："自庄周后，惟王绩、元结、郑厚与吾。"此其所学也。每酒酣，历历论天下事，或谈儒释异同，虽环而攻之，莫能屈。世岂复有此俊杰人哉？

附录：重修面壁庵记 大金兴定六年二月屏山居士李纯甫撰

屏山居士，儒家子也。始知读书，学赋以嗣家门；家大义以业科举。又学诗以道意，学议论以见志，学古文以得虚名。颇喜史学，求经济之术；深爱经学，穷理性之说。偶于玄学似有所得，遂于佛学亦有所入。学至佛则无可学者，乃知佛即圣人，圣人非佛，西方有中国之书，中国无西方之书也。吾佛大慈，皆如实语，发精微之义于明白处，索玄妙之理于委曲中。学士大夫犹畏其高而疑其深，诬为怪诞，诟为邪淫，惜哉！龙宫海藏，琅函贝叶，无虑数千万言，顶之而不观，目之而不解。且数百年老师宿德，又各执其所见，裂于宗乘，汩于义疏，吾佛之意扫地矣，悲夫！梁普通中，有菩提达摩大士自西方来，孤唱"教外别传"之旨，岂吾佛教外复有所传乎？特不泥于名相耳。真传教者，非别传也，如有雅乐，非本色则不成宫商；如有甲第，非主人则不知户庭。自师之至，其子孙遍天下，多魁闳磊落之士，硕大光明，表表可纪。剧谈高论，径造佛心。渐于义学、沙门，波及学士大夫，潜符密契不可胜数。其著而成书者，清凉得之以疏《华严》，圭峰得之以钞《圆觉》，无尽得之以解《法华》，颍滨得之以释《老子》，吉甫得之以注《庄子》，李翱得之以述《中庸》，荆公父子得之以论《周易》，伊川兄弟得之以训《诗》、《书》，东莱得之以议《左氏》，无垢得之以说《语》论《孟》，使圣人之道不堕于寂灭，不死于虚无，不缚于形器，相为表里如符券然。虽狂夫愚妇，可以立悟于便旋顾盼之顷，如分余灯以烛冥室，顾不快哉！道冠儒履皆有大解脱门，翰墨文章亦为游戏三昧，此师之力也。新学晚生，愧无以报，今因少林主人志隆命其侍者海净问讯屏山，曰照了居士王知非暨刘菩萨并其徒储道人重修面壁庵，既已落成，请记其岁月。时大金兴定四年中元之前一日也。随喜之余，又洗手焚香，而为之赞曰："玄关未启，玉锁生苔。灵台未洗，金镜尘埋。铁牛穿鼻，石女怀胎。孰为具眼？鼻祖西来。舟行万里，禅心如灰。壁观九年，梵音如雷。不戒而戒，不斋而斋。一衣一钵，五叶花开。或杖或拜，或嗔或舞，声咳惕眉，𡘋呻举武。或咄或咦，或吽或普，柏树药栏，灯笼露柱。弹指张弓，吹毛击鼓。跌宕形容，径庭言语。太漫汗中，剔浑沦处。有者个在，又怎么去。津然可口，如甘露浆。薰然入骨，如薝卜香。如发管钥，如施印章，金仙海藏，同时放光。窃吾糟粕，贷吾秕糠。粉泽孔、孟，刻画老、庄。八万四千，清凉道扬，屏山说破，谁取承当。"

　　雷翰林渊，字希颜，应州浑源人，与余同里闬，且姻家也。父思西仲，名进士，仕至同知北京转运司。注《易》行于世。公幼丧父，以孤童入太学，读书昼夜不休。虽贫甚，不以介意。从李屏山游，遂知名。俄中高第，调泾州录事。坐高庭玉献臣之狱，几死。后改东平，迁东阿令，授徐州观察判官。兴定末，召为英王府文学。俄入翰林，为应奉。拜监察御史，言五事，称旨。又弹劾不避贵臣，出巡郡邑，所至有威誉，凡奸豪不法者，立棰杀之。坐此，为小人所讼，罢去。久之，起为太学博士、南京转运司户籍判官，迁翰林修撰。一夕暴卒，年四十八。公博学有雄气,为文章专法韩昌黎,尤长于叙事。诗杂坡、谷,喜新奇。好收古人书画、碑刻藏于家,甚富。喜结交,凡当途贵要与布衣名士,无不往来。居京师,宾客踵门,未尝去舍。后进经公品题以为荣。家无余赀,及待宾客,丰腆甚。莅官,喜立名。初登第,摄令遂平,一邑大震。尝笞州魁吏,州檄召,不应,罢去。后凡居一职,辄震耀。亦坐此,仕不达,然士论未尝不壮之。尝为文祭高公献臣,其词高古,一时传诵。工于尺牍,辞简而甚文,朋友得之,辄以为珍藏。发书顷刻数十轴,皆得体可爱。在馆与诸同年友制辞,皆摘其不及以箴之。如诰商衡平叔云:"将迎闲有,亦须风节之自持。"诰聂天骥元吉云:"读书大可益人,宜勤讲学。"少年赋《松庵》诗曰:"庵中偃卧龙,阅世须耆古。人天共护持,半夜起风雨。"《过华山怀陈希夷》云:"五季乾坤半晦冥,先生有意俟澄清。駒駒四十年来睡,开眼东方日已明。"又《梅影》云:"维摩丈室冷于冰,千劫萧然无尽灯。天女散花愁不寐,夜深高髻影髟髻。"人皆传之。初善李屏山,后善冯公叔献,后善高公献臣,最后善赵公周臣、陈公正叔。早与余先子交,尝同乡校,同太学,后同朝。先子殁,公寄挽诗有云:"乡校连裾春诵学,上庠同榻夜论心。"余因请为墓志。迄今,予家有公书简甚多也。善饮啖,未尝见大醉。酒间论事,口吃而甚辩,出奇无穷,此真豪士也。

宋翰林九嘉,字飞卿,夏津人。少游太学,有词赋声。从屏山游,读书,为文有奇气,与雷希颜、李天英相埒也。至宁初,擢高第,历关中四邑,以能称。召补省掾,为当轴者所忌,求去。已而为延安帅府所辟,充经历官,召为南京右巡院使,风采甚著。以不能事权要,罢官。俄入翰林,为应奉。得风疾,引去。遭乱北还,道病殁,年未五十,士大夫惜之。飞卿为人刚直,英迈不群,能政能文,甚为时望所属,不幸中以病废,哀哉!初,召至南京,时屏山亦在,予每从之游。乱后,予居八仙馆,与飞卿相迩,日相见属和,其诗犹在予橐中。少时《题太白泛月图》云:"江心月影尽一掬,船头杯酒尽一吸。夜深风露点宫袍,天地之间一李白。"可想见其意气也。文辞简古,法宋祁《新唐书》。惜乎为吏事所夺,不多著。性不喜佛,虽从屏山游,常与争辩。在关中时,因杨焕然赴举,书与屏山荐之,曰:"焕然,佳士，往见吾兄，慎无以佛老乃嫚之也。"屏山持之，示交游以为笑。其后西行，予以序送之，备论其守道不回，今兹云亡，岂复见此挺特之士乎？

卷二

　　李经天英，锦州人。少有异才。入太学肄业，屏山见其诗曰："真今世太白也。"盛称诸公间，由是名大震。字画亦绝人。再举不第，拂衣归。南渡后，其乡帅有表至朝廷，士大夫识之，曰："此天英笔也。"朝议以武功就命倅其州，后不知所终。天英为诗刻苦，喜出奇语，不蹈袭前人，妙处人莫能及。号"无尘道人"。《题太真图》云："君前欲拜还未拜，花枝无力东风羞。"又《夜雨》云："灯火万家夜，萧萧帘下声。"《晚望》云："夕阳万里眼，人立秋黄中。"《夜起》云："夜半不得月，河汉空星辰。"又《步云意》云："一片昆仑心，夕阳小烟树。"又四言云："老峰蘸云，壁立挽秀。林阴洒雨，苍苍玉斗。虚明满镜，夜气成昼。"此其诗体也。

　　张毂伯玉，许州人，伯英运使弟也。少有俊才，美丰姿，髯齐于腹。为人豪迈不羁，奇士也。初入太学，有声。从屏山游，与雷、李诸君及余先子善。雅尚气任侠，不肯下人。再举不中，遂辍科举计。居许之郾城，有园囿田宅甚丰。日役使诸侄治生事，而己则以诗酒自放，傫然为西州豪侠魁。邑令过使，皆下之。喜称人善，交游有患难，极力挈扶。俗子少不惬意，辄谩骂。年四十余不娶，有一妾，因小过以铁简杀之。尝衣紫绮裘，半醉坐堂上，人望之如神。迨酒酣兴发，引纸落笔，往往有天仙语。后病脑疽死，年未五十。麻九畴知几为文以祭，辩其为人大略。少时与屏山饮燕市，有诗云："日日饮燕市，人人识张胡。西山晚来好，饮酒不下驴。"又云："昨日上高楼，西山翡翠堆。今日上高楼，西山如死灰。想见屏山老，疗饥西山隈。餐尽西山色，高楼空崔嵬。"又赋《古镜》云："轩姿古镜黑如漆，锦华鳞皴秋雨湿。"人以为不减李长吉云。

　　周嗣明晦之，真定人。叔昂德卿，名士，文章气势，一时流辈推之。屏山最爱之，尝曰："若德卿操履端重，学问淳深，真韩、欧辈人也。"晦之为人有学，长于议论，自号放翁。屏山尝与作《真赞》，与雷、宋、张、李辈颉颃。同余先子擢第后，从其叔北征，在军中。军败，父子俱缢死。屏山《赘谈》，晦之序也。屏山《送李天英》诗云："髯张元是人中龙，喜如俊鹘盘秋空，怒如怪兽拔枯松。更著短周时缓颊，智囊无底眼如月，斫头不屈面如铁。一说未终复一说，勍敌相厄已铮铮，二豪同运又连衡。屏山直欲树降旌，那得人间有阿英。阿英魁奇天下士，笔头风雨三千字，醉倒谪仙元不死，时借奇兵攻二子。"可想见三人者也。

王权士衡，真定人，又名之奇。从屏山游，屏山称之。为人跌宕不羁。喜功名。博学，无所不览。酣饮放歌，人以为狂。屏山为作《狂真赞》。与余先子同年进士，然仕宦连蹇。晚召入朝，为部勾当官。俄辟为县令，未赴。家鲁山，为县吏所辱，愤惋发疾死。贞祐初，余先子摄许州幕，时屏山、二张（伯英、伯玉）、雷、魏诸公皆在焉，日会饮为乐。忽高公献臣将赴河南，来过，诸公诣之。及夕，独希颜、士衡留宿。高既去，未几，为主帅所诬陷以有异志，逮捕诸党与。符下颍川，械二公，赴洛狱，搒掠万端。会赦，方得免。然自兹士衡无仕进之意矣。

麻九畴知几，初名文纯，易州人。幼颖悟，善草书，能诗，号神童。既长，入太学，刻苦自励，为赵闲闲、李屏山所知。南渡后，居郾、蔡间，入遂平西山读书。为经义学，精甚。兴定末，试开封府，词赋乙，经义魁。再试南省，复然。声誉大振，南都妇人小儿皆知名。及廷试，以误绌，士论惜之。已而隐居，不为科举计。正大初，门人王说、王采苓俱中第，上以其年幼，怪而问之，且知知几为师，近臣言其有才学，平章政事侯公挚、翰林学士赵公秉文俱荐之，特召赐进士第。以病，不拜官，告归。病已，赴调，授太常寺太祝。俄入翰林，复以病去，居郾。久之，北兵入河南，知几挈其妻孥入确山避乱。后复出，为兵士所得，驱之北边，至广平病死。知几为人耿介清苦，虽居贫，不妄干求，卓然以道自守。然性隘狭，交游少不惬意，辄怒去，盖处士之刚者也。初，因经义学《易》，后喜邵尧夫《皇极书》，因学算数。又喜卜筮射覆之术。晚更喜医方，与名医张子和游，尽传其学。为文精密巧健，诗尤奇峭，妙处似唐人。尝作《透光镜》、《篆韵诗》，人争传写。后以避谤、畏时忌,持戒不作诗,益潜心为《易》学。与张伯玉、宋飞卿、雷希颜、李钦叔及余先子善。先子初摄令郾城,日与唱酬为友。后知几试开封,先子为御史,监试,而王翰林从之,李翰林之纯为有司,因相与读举子之文,见其有雄丽者,相谓曰:“是必知几。”因擢为魁。已而果然,士林以得人相贺。晚景为赵闲闲所知,有《送麻征君序并诗》云。

辛愿敬之,河南人,自号女几野人,又号溪南诗老。幼嗜书,苦学,坐环堵数年,由是六经百家无不通贯。喜作诗,五言尤工,人以为得少陵句法。平生不为科举计,且未尝至京师,恚然中州一逸士也。为人质古,不娴世事,麻绦草履,或倚杖读书,市中人讶之亦不恤。尝谓王郁飞伯曰:“王侯将相,世所共嗜者,圣人有以得之亦不避。得之不以道,与夫居之不能行己之志,是欲澡其身而伏于厕也。此言他人难闻,子宜保之。”此可见其志趣也。贞祐初,先子主长葛簿,敬之素不识,闻其名来谒,相得甚欢。及别,厚赠之。归而买牛,使其子躬耕以自给。居女几山下,往来长水、永宁间,惟以吟咏讲诵为事,朝士大夫愿交而不得也。正大中,先子令叶,复来游,后归洛下,病殁。有诗数千首,常在行橐中。其佳句有云:“院静宽留月,窗虚细度云。”又:“莺衔晚色啼深树,燕掠春阴入短墙。”又:“波摇朗月浮金镜,岭隔华星断玉绳。”又:“箕山颍水春风里,唤起巢由共一杯。”又:“黄绮暂来为汉友,巢由终不是唐臣。”真处士诗也。

赵宜禄宜之,忻州人。幼举童子第。及壮,病目失明,自号愚轩居士。高才能诗,其所读书,皆自少时不忘。居西山下,止以吟咏为乐,名士无不与游,赵、李诸公甚重之。屏山尝赋《愚轩》云:“我虽有眼不如无,安得恰似愚轩愚?”后病殁,有《愚轩集》。其《题嵩阳归隐图》云:“风烟万顷一椽茅,丘壑端能傲市朝。窈窕云山三兔穴,飘飘风树一鸠巢。本来无取亦无与,只合自渔还自樵。三十六峰俱可隐,愿从君后不须招。”《送辛敬之》云:“李白久矣骑长鲸,后五百岁之纯生。”

史学学优,河南人。昆弟三人,兄才长亦知名。学优之学,长于史传、地理。工诗,绝句殊妙。年五十,擢南省魁,后中廷策,得主武阳簿,颇有政声。再辟卢氏令,病卒。兴定末,与余同试于廷,始识之,中夜棘闱谈至旦。后先子令叶,学优复来游。先子殁,学优寄挽诗。未几,亦下世。有诗数百首,其《七夕》云:"箝牛回驭锦机闲,天上悲欢亦梦间。月夜凭肩人不见,萧萧风叶满骊山。"又绝句:"石壁城头夜斩关,软红尘底晓催班。道人一笑那知此,门外清溪屋上山。"又《哭屏山》云:"张侯新作九原人,伯玉。梁子今为战血尘。仲经父。四海交游零落尽,白头扶杖哭之纯。"

李献能钦叔,河中人。先世以武功显,仕至金吾卫上将军,时号李金吾家。迨钦叔昆弟,皆以文学有名。从兄钦止献卿先擢第,继以钦叔,又继以仲兄钦若献诚、从弟钦用献甫,故李氏有四桂堂。钦叔苦学博览,无不通,尤长于四六。南渡擢南省魁,复中宏词,遂入翰林,为应奉。考满再留,出为鄜州观察判官。再入,迁修撰。正大末,授河中帅府经历官。北兵来攻,军败,奔陕,又为陕府经历官。天兴改元,陕乱,见杀,年四十三。钦叔为人眇小而黑色,颇有髯。善谈论,每敷说今古,声铿亮可听。作诗有志于风雅,又刻意乐章。在翰院,应机敏捷,号得体。赵闲闲、李屏山尝曰:"李钦叔,天生今世翰苑材。"故诸公荐之,不令出馆。尝谓人云:"吾幼梦官至五品,寿不至五十。"后竟如其言,异哉。

冀禹锡京父,惠州龙山人。幼聪敏绝伦,年十九,擢大兴魁,入太学,有声。弱冠登高第,时雷希颜、宋飞卿皆同榜,号为得人。京父入仕以能称,遇事风生,老吏莫及。初主沈丘簿,以年少,喜交游、饮酒,遂为其令所乘,坐废。再调考、柘二城,皆主簿,又以治闻。由前过,终不得京官。朝士屡荐之,为当途者所沮。居闲,日与诸公宴游。蒙昭雪,得扶风丞,因客睢阳,为行枢密院辟为都事。末帝东迁,擢为应奉翰林文字,充尚书省都事。蒲察官奴之变,与宰相李蹊同见杀,年四十三。京父少年作诗,锻炼甚工,写画亦劲健可喜,其赠先子诗有云:"忠策万言忧国献,好诗千首课儿钞。"又哭先子云:"大才自古无高位,吾道何人主后盟?"又:"醉乡广大宽留地,仕路崎岖小作程。"闻诛高琪诏下,《寄聂元吉》云:"开函喜读故人书,四海穷愁一豁无。见说帝庭新殪鲧,逆知天意欲亡吴。两宫日月开明诏,万国衣冠入坦途。莫向新亭共囚泣,中兴岂止一夷吾?"散文亦精致,尝作余先子哀词,雷丈希颜善之。

王渥仲泽,后名仲泽,太原人,家世贵显。少游太学,有词赋声,屡中高选。南渡后擢第,为时帅奥屯邦献、完颜斜烈所知,故多在兵间。后辟令宁陵,有治迹,召为省掾。因使宋至扬州,应对华敏,宋人重之。回为太学助教,充枢密院经历官。俄迁右司都事,稍见信用。天兴改元,从赤盏合喜提兵出援武仙郑州西,遇北兵,大战,殁于阵。性明俊不羁,博学,无所不通。长于谈论,使人听之忘倦。工尺牍,字画遒美,有晋人风。作诗多有佳句,其《过颍亭》云:"九山西络烟霞去,一水南吞涧壑流。宾主唱酬空翠琰,干戈横绝自沧州。"又《赠李道人》云:"簿领沈迷嫌我俗,云山放浪觉君贤。"又《颍州西湖》云:"破除北客三年恨,惭愧西湖五月春。"又《过龙门》云:"诗成一大笑,浩浩淇波东。"

李汾长源,先名让,字敬之,太原人。少游秦中,喜读史书,览古今成败治乱,慨然有功名心。工于诗,专学唐人,其妙处不减太白、崔颢。为人尚气,跌宕不羁。颇褊躁,触之辄怒,以是多为人所恶。尝以书谒行台胥相国鼎,胥未之礼也。长源后投以书,尽发胥过恶。胥大怒,然以其士人,容之。元光间游梁,举进士不中。能诗声一日动京师,诸公辟为史院书写。时赵闲闲为翰林,雷希颜、李钦叔皆在院,长源不少下之,诸公怒,将逐去,亦不屑,后以病目免归。复入南京,上书言时事,不报。出客唐、邓,会北兵入境,恒山公武仙署为掌书记,在军中。金国亡,长源劝仙归宋,未几,为仙麾下所杀,年未四十,哀哉!平生诗甚多,不自收集,故往往散落。其《再过长安》有云:"三辅楼台失归燕,上林花木怨啼鹃。空余一掬伤时泪,暗堕昭陵石马前。"又《下第》绝句云:"学剑攻书事两违,回头三十四年非。东风万里衡门下,依旧中原一布衣。"又《记时事》云:"捕得酒泉生口说,众酋劓面哭单于。"《望少室》云:"圭影静涵秋气老,剑锋横倚斗杓寒。"《夏夜》云:"鸦衔暝色投林急,萤曳余光入草深。"《鹳雀楼》云:"白鸟去边红树小,断云横处碧山多。"乐府歌行尤雄峭可喜。

李夷子迁,后名斌,字季武,陈郡人。出于兵家,能刻苦为学。喜读史书,究古今成败治乱。尤喜武事,习兵法、击剑、驰射,有志于功名。累举词赋,不中,改试经义,复不售。后将弃二科,以武举进身。无何,陈陷,死,年四十二。子迁为人介特,自守不群,然尚气使酒,刚甚。平居循谨,惟恐伤人。既醉,虽王公大人嫚骂不恤。为文尚奇涩,喜唐人,作诗尤劲壮多奇语,然不为乡里所知。贞祐末,先子为陈幕,一见喜之,为延誉诸公间。后为麻知几、雷希颜所重,东方后进皆推以为魁。若侯季书、雷伯威、王飞伯、杜仲梁、曹通甫辈皆以兄事,与余最深。子迁既死,余尝为哀词,道其为人之详。平生诗不甚多,不如意,辄毁去。尝赋《古镜》,诸公称之。其诗曰:"盘盘古皇州,梦断繁华缺。一鞭春事忙,耕出坨头月。土蚀背花暗,蹄涔骇龙蹲。须髯殆欲张,不敢著手扪。星环紫极位,剑外十三字。细看清用文,其篆文云:"为清日用。"溟漠君墓志。寿堂锁菱花,引得阿紫家。榛烟夕霏时,几照拂双鸦。神物污难久,一日落吾手。寿光阅人多,尝有此客不?呵呵吾戏云,雅志蹑先民。镜里春风面,泉下今日尘。九原不可作,哲弟师有若。摩挲一面铜,便有亲炙乐。"又《吊张伯玉》云:"匣内青蛇亦悲吼,竟凭谁识抉云材。"又《赠赤腿王》云:"石鼎夜联诗句健,布囊春醉酒钱粗。"

卷三

侯策季书，先字君泽，中山人。少不喜学，斗鸡走狗雄乡里。南渡后，慨然有为学心，与一时名士游，尽绝少年事。喜作诗，刻苦向学，自汉魏六朝、唐宋诸集，无不研究。初为李子迁所知，荐于余，先子亦喜之。王飞伯负其材，素少许可，一见季书诗，即加敬。为人任侠尚气，然修谨无过失，与余交最深。久之，居南顿。家甚贫，遇朋友，倾所有共乐。天兴改元，陈乱失妻，独走大梁，诣余。会疾作，数月死。诸朋友为买棺，葬西城。余为志其墓，刻石。平生诗甚多，同王飞伯唱和南顿，同余唱合梁园，又喜效西昆体，甚有得。其《吊一贵人》云："歌翻《薤露》刍灵远，门掩秋风甲第深。"又云："峰前两送闺中梦，楼上云凝扇底歌。"又："明月花楼闲玉凤，秋风桂漏戞铜龙。"又："九疑湘瑟悲龙竹，子夜秦箫隔凤楼。"又："幽鸟弄音花覆地，断虹沈影水明河。"又《咏雨》云："势侵书帙湘芸润，声入帘旌蜡炬清。"又《和飞伯》云："世事催人南去早，梦魂失路北归迟。"置之唐人集中，谁复疑其非也？

雷琯伯威，坊州人。父秀实，亦名进士。伯威博学能文，作诗典雅，多有佳句，时辈称之。初，余过阳夏，闻其名，及一见，倾倒欢甚。后伯威赴葬余先子淮阳，为诔文，雅澹可喜。余以示雷翰林，奇之。已而，以家贫母老，为国史院书写。秩满，为八作使。乱后南奔，道为兵士所杀，年未四十，哀哉！伯威为人议论刻深，然于文字甚工细。每酒酣，谈说今古莫能穷。又欲取奇异功名自喜，亦不羁之士也。其诗多散落，有《游龙德宫》云："千年金谷铜驼怨，万里蜀天杜宇啼。"又："明月清风一壶酒，与君同酹信陵坟。"

王郁飞伯，奇士也。少余一岁，与余交最深。仪状魁奇，目光如鹘，步武翩然，相者云："病鹤状貌也。"少居钧台，闭门读书，不接人事数载。为文闳肆奇古，动辄数千百言，法柳柳州。歌诗飘逸，有太白气象。初为御史程公震所知，继为李翰林钦叔、麻征君知几、史卢氏学优嘉赏,且共为延誉籍籍。正大初,余先子令叶,飞伯持诸公书来投,先子异其文,置门下,遂与余定交,每觞酒宴游无不在。已而入南京,见赵、雷诸公,皆称之不已。布衣少年,名动京师。后因下第,西游洛中。余居淮阳,凡三过,留辄数月,唱酬谈论相高。每相别,辄以所著相寄,且相商订为益。正大末,南京被围,复相守围城中。天兴改元秋,飞伯忽过余别曰:"吾跧伏陷阱,不自得,今将突围远举,然生死未可知。"因出其所作《王子小传》属余曰:"兹不朽之托也。"余不能止之而去,三年不知存亡。丙申岁南游,遇交游辈说,飞伯初为东诸侯兵士所得,其将厚遇之。飞伯径行不设机,久之,为其下所忌,见杀。临终,怀中出书曰:"是吾平生著述,可传付中州士大夫。王飞伯死矣。"计其时,年甫三十。予哭诸镇阳。盖飞伯为人虽聪颖绝人,然涉世日浅,颇骜岸不通彻,此所以不免。余尝见其举止言谈无顾忌,旁为慄然,而飞伯益自信莫能戒,以是常得谤议,为俗人所憎,迄今谈其名不悦者多矣。嗟乎! 以斯人之才气,稍有锻炼,其文章所至,岂易量哉? 今而中道催折,不迄于大成,可以为斯文叹。其诗文往来与余最多,有淮阳唱和、南顿联句、古赋铭赞、书序数十首,遭乱,皆在余囊中。今仍略载其小传云:"先生名青雄,一名郁,大兴府人也。十五代祖珪,相唐太宗,官侍中、永宁郡公。曾祖衍,金紫光禄大夫、定海军节度使,兼莱州管内观察使。祖彦信,邠州宜禄尉。父钦,山东路转运司盐铁判官。先生始生之月,父梦神人自天而下,开所负紫丝囊,赐一大雕,且云:'吾后必来取。'其雕在地振羽一鸣,惊而寤。访诸日者,繇曰:'凛凛霜鹗,赐自上穹。既文于外,又刚于中。法生贵子,其应在公。他日必作,青云之雄。'先生既生,因采其语为名字。年十八,父殁。家素富,赀累千金。遭乱,荡散无几。先生殊不以为意,发愤读书。是时,学者惟事科举时文,先生为文,一扫积弊,专法古人。最早为麻征君九畴所赏,其后潜心述作,未尝轻求人知。李钦叔过钧台,得其所著《伤鲁麟》、《导怀》等赋并《杨孝童碑》、《王梦祥哀辞》,大惊,誊书遍荐于诸公,先生之名始满天下。自此,去钧台,放游四方,又移隐陉山,覃思古学。正大五年,先生年二十五矣,来游京师,诸公倒屣争识其面。宰相闻其名,取所作文章,将荐之,事中格。

樗轩、皇叔密公璹。闲闲朝廷二大老,皆致礼于先生,交馆之。明年,以两科举进士,不中,西游洛阳,放怀诗酒,尽山水之欢。先生平日好议论,尚气,自以为儒中侠。所向敢为,不以毁誉易心,又自能断大事。其论学,孔氏能兼佛老。佛老为世害,然有从事于孔氏之心学者,徒能言而不能行,纵欲行之,又皆执于一隅,不能周遍。故尝欲著书,推明孔氏之心学,又别言之行之二者之不同,以去学者之弊。其论经学,以为宋儒见解最高,虽皆笑东汉之传注,今人唯知蹈袭前人,不敢谁何,使天然之智识不具,而经世实用不宏,视东汉传注尤为甚。亦欲著书,专与宋儒商订。其论为文,以为近代文章为习俗所蠹,不能遽洗其陋,非有绝世之人奋然以古作者自任,不能唱起斯文。故尝欲为文,取韩、柳之辞,程、张之理,合而为一,方尽天下之妙。其论诗,以为世人皆知作诗,而未尝有知学诗者,故其诗皆不足观。诗学当自三百篇始,其次《离骚》,汉魏六朝,唐人,过此皆置之不论,盖以尖慢浮杂,无复古体。故先生之诗,必求尽古人之所长,削去后人之所短。其论诗之详皆成书。其论出处,以为仕宦本求得志,行其所知以济斯民。其或进而不能行,不若居高养蒙,行乐自适。不为世网所羁,颇以李白为则。先生受知最深者,曰樗轩公完颜璹、闲闲公赵秉文、余先子、雷渊、李献能、王若虚、麻九畴、史学优、程震、宋九嘉。其游从最久者,曰李汾、杨宏道、元好问、魏蟠、一作璠。张邦直、杜仁杰、曹居一、雷琯、冀禹锡、张介、王说、王采苓、赵著、张甫、王铸、刘辑、李全、刘源、杨奂、胡权、徒单公履、吕鲲、史环、李弑、侯策、张杰、刘郁、左坦、一作垣。牛汝霖、尤虎邃、乌林答爽、僧性英诸公。随得书无次第。至于心交者,惟李冶、刘祁二人而已。八年,先生复至京师。十二月,遇兵难,京城被围,先生上书言事,不报。明年四月,围稍解。五月,先生挺身独出,远隐名山,不知所终。”

刘昂霄景贤,陵川人。博学能文,从屏山游,又与雷希颜、辛敬之、元裕之善。尝由任子入官,已而隐居洛西山水间。逾四十,病卒。其诗有云:“岁月销磨诗砚里,河山浮动酒杯中。迢迢万里乾坤眼,凛凛千年草木风。”元裕之尝称之,余恨未之识也。

尤虎邃士玄,先名玹,字温伯,女直纳邻猛安也。虽贵家,刻苦为诗如寒士。喜与士大夫游。初，受学于辛敬之，习《左氏春秋》。后与侯季书交，筑室商水大野中。恶衣粝食，以吟咏为事，诗益工。时余在淮阳，屡相从讲学。迨北兵入河南，被命提兵戍亳州。已而亳乱见杀，年未四十也。少年诗云："山连嵩少云烟晚，地接崤函草树秋。"其寄余云："西湖风景昔同游，醉上兰舟泛碧流。杨柳风生潮水阔，芙蕖烟尽野塘幽。一作秋。花边落日明金勒，云里清歌绕画楼。今夜相思满城月，梁台楚水两悠悠。"又《睢阳道中》云："又渡溵江二月时，淮阳东下思依依。邱园寂寞生春草，城阙荒凉对落晖。去国十年初避乱，投荒万里正思归。临岐却羡春来雁，乱逐东风向北飞。"又《书怀》云："关中客子去迟迟，飘泊炎荒两鬓丝。三楚楼台淹此日，王陵鞍马想当时。春风草长淮阳路，落日云埋汉帝祠。回首故乡何处是，北山天际绿参差。"甚有唐人风致。

乌林答爽，字肃孺，女直世袭谋克也。风神潇洒，美少年。性聪颖，作奇语，喜从名士游。居淮阳，日诣余家，夜归其室，抄写讽诵终夕。虽世族家，甚贫。为后母所制，逾冠未娶。恶衣粝食恬如。遇交游，杯酒豪纵可喜。余谓使其志不辍，年稍长，则当魁其辈流。壬辰陈陷，赴水死，年未三十。初，赋《邺研》诗有云："上有丹锡花，秋河碎星斗。磨研清且厉，玉瑟鸣风牗。"又赋《古尺》云："背逐一道十三虹，赤鬣金鳞何夭矫！翻思昨夜雷霆怒，只恐乘云上天去。"又，《七夕曲》云："天上别离泪更多，满空飞下清秋雨。"其才清丽俊拔似李贺，惜乎不见其大成也。

刘琢伯成，中山人，刻苦为学，事母教弟，以孝友闻朋友。居邓州，人甚重之。正大初，举进士南京，余始与相识。俄下第归。久之，河南乱，闻在武仙军中，一云"军人中"。仙使使宋，回为所杀，哀哉。作诗甚工，有云："吴蚕丝就方成茧，楚柳绵飞又作萍。"非浅浅者所能道也。其过叶哭余先子诗亦佳。

史怀季山，陈郡人。少游宕不羁，然有才思。既壮，乃折节为学，与名士李子迁、侯季书、王飞伯游。作诗甚有功，《冬日即事》云："檐雪日高晴滴雨，炉烟风定暖生云。"亦可喜也。又作《古剑》诗，极工。"古剑"一作"古镜"。陈陷，死。

刘昉仲宣，中山人。读书有才学，作诗甚有可称。尝作《淮阳八咏》，工甚。居西华之小姚镇，时来游陈，余识之。遭乱殁。

高永信卿，渔阳人。偶傥尚气，轻财好交游。颇读书，喜谈兵。文辞豪放，长于论事。尝从屏山游，与李长源、元裕之、杜仲梁、李稚川相善。累举不第，家甚贫。正大末，余居淮阳，信卿持诸公书来谒，因为定交。留月余，西去。未几，同在南京被围。尝上书言事，不报。以病死。自号应庵。

胡权直卿，卫州人。南渡，有诗声，累举不第。贫甚，性狂狭，不能容寻常人，年过四十方娶。尝投余先子淮阳，又与余同试于京。遭乱北归，以病卒。

田永锡，义州人。叔思敬耀卿，名进士。永锡少有诗声，其《过东坡坟》诗云："富贵一场春夜梦，文章万斛冷云泉。英魂返却眉山秀，依旧春风草木天。"为人传诵。兴定末，同余试南京，擢第。遭乱南奔，在江淮间病卒。

李澥公渡，相州人，王黄华门生也，自号六峰居士。工诗及字画，皆得法于黄华。与赵闲闲诸公游，连蹇科场，竟不第。至六十余，病终。时人言公渡赋不如诗，诗不如字，字不如画。科举，赋最紧，何公渡最紧下也。兴定末，与余同试开封，中选，公渡甚喜，有诗示余先子，后云："姓名偶脱孙山外，文字幸为坡老知。谁念三生李方叔，欲将残喘寄炉锤。"先子和答云："瓶有储粮鬓有丝，蹉跎岁晚坐书痴。辋川画隐王摩诘，锦里诗穷杜拾遗。应举尚陪新进士，主文多是旧相知。春闱看决鱼龙阵，未必尖锥胜钝锤。"士林相传以为笑谈。

刘勋少宣，云中人。初名讷，字辩老，与其兄汉老俱工诗。幼随官居济南二十余载。后南渡居陈，数与余先子唱酬。为人俊爽滑稽，每尊俎间一谈一笑可喜。科举连蹇，竟不第。年五十余，陈陷，死。平生诗甚多，大概尖新，长于对属。其佳句有云："午风襟袖知秋早，甲夜阑干得月多。"又，《济南泛舟》云："人行着色屏风里，舟在回文锦字中。"又上先人云："南山有后传能赋，北阙无人继敢言。"送余赴试云："文章四海名父子，孝友一门佳弟兄。"又，《赠王清卿》云："长拖酒债杜工部，新有诗声侯校书。"《赠马元章》云："曾著麻鞋见天子，敢将道服衬朝衣。"又："车毂春雷震屋山，马蹄乱雹响柴关。何时得个茅庵子，不在车尘马足间。"又，《画马》末云："神物世间寻不见，五陵春草色萋萋。"仲兄谯，字庭老，亦好古，作诗不凡。

宁知微明甫，宿州人。博学，无所不知，尤长于史事。剧谈古今治乱或诸家文章，历历不可穷。援笔为诗文，亦敏赡可喜。举经义，连不中。迁居淮阳，与余游二载。家积书万卷，载以行。麻知几及余先子皆重之。后还乡遭乱，不知所在。或云，渡淮在南中。余尝有《西游诗》四十余篇，明甫取而观，一夕尽和其韵以见示，其间佳句甚多。

崔遵怀祖，燕人。父建昌万卿，名进士。怀祖少有词赋声，所交皆名士。累举不第。南渡，辍科举不为，居嵩山下，以读书作诗为事。正大末，北兵入河南，怀祖为兵所得，胁令往招洛阳，见杀。尝有诗云："青山似有十年旧，小雪又为三日留。"元裕之称之。

曹恒君章，应州人，高丞相汝砺之婿也。少读书，不喜为科举计。性孤介，不肯事富贵人。南渡，居大梁，葺轩种竹，号"友直"，余先子为作赋记之。又好收古人书画、器物，蔼然有士君子风。遭乱病殁。有子之谦，擢第。

王宾德卿，亳州人。擢第，为虹令，有声。入为省掾，坐事罢。遭乱还乡，会兵变，宾起率众据城，后属金亡，已而见杀。为人诙谐、轻脱，嗜酒，无威仪。诗颇工，有上先子云："致君有道莫如律，敢谏不行犹得名。"

卷四

王元朗，字子元，宏州人，余高祖南山翁婿也。家世贵显，才高，以诗酒自豪。擢第，得官辄归，不乐仕宦。与余从曾祖西岩子多唱酬。其《明妃》诗云："环珮魂归青冢月，琵琶声断黑河秋。汉家多少征边将，泉下相逢也自羞。"甚为人所传。

刘仲尹致君，号龙山，辽阳人，李钦叔外祖也。少擢第，终昭义军节度副使。能诗，学江西诸公。其《墨梅》诗云："高髻长眉满汉宫，君王图上按春风。龙沙万里王家女，不著黄金买画工。"为人所传。又有《梅影》诗云："王换严更三唱鸡，小楼天淡月平西。风帘不著阑干角，瞥见伤春背面啼。"

陈君可，永宁人。有《梅影》诗云："隔窗疑是李夫人，江月多情为返魂。不似丹青旧颜色，十分憔悴立黄昏。"

王特起正之，代州崞县人。少工词赋有声，年四十余方擢第。作诗极高，尝有《龙德联句》，为时所称。又题杨叔玉所藏《双峰竞秀图》云："龙头矗双角，驼背堆寒峰。"诸公嘉其破的。晚年取一侧室，留别一乐章《喜迁莺》，至今人传之："东楼欢宴。记遗簪绮席，题诗罗扇。月枕双欹，云窗同梦，相伴小花深院。旧欢顿成陈迹，翻作一番新怨。素秋晚，听阳关三叠，一樽相饯。　　留恋。情缱绻。红泪洗妆，雨湿梨花面。雁底关河，马头星月，西去一程程远。但愿此心如旧，天也不违人愿。再相见，老生涯分付，药炉经卷。"余诗惜不多见。尝为沁源令，政颇严。后为司竹监官。疾卒。

刘昂次霄，济南人，有才誉。以先有刘昂之昂，故号"小刘昂"。泰和南征，作乐章一阕《上平西》，为时所传。其词云："蚩铗极，螳臂展，敢盟寒。似洞庭、彭蠡狂澜。天兵小试，万蹄一饮楚江干。捷书飞上九重天。春满长安。　　舜文明，唐日月，周礼乐，汉衣冠。洗五川、烟瘴江山。全蜀下也，剑关何用一泥丸。有人传信，日边来，都护先还。"终邹平令。

　　金国初，有张六太尉者镇西边，有一士人邓千江者。献一乐章《望海潮》："云雷天堑，金汤地险，名藩自古皋兰。绣错云屯，山形米聚，喉襟百二河关。鏖战血犹殷。见阵云冷落，时有雕盘。静塞楼头晓月，犹自玉弓弯。　　看看定远西还。有元戎阃令，上将斋坛。区脱昼空，兜铃夕举，甘泉夜报平安。吹笛虎牙闲。但宴陪珠履，歌按云鬟。未讨先零醉魂，一作招取英灵毅魄，长绕贺兰山。"太尉赠以白金百星，其人犹不惬意而去。词至今传之。

　　高左司庭玉字献臣，辽东人。少擢第，入官有能声，吏事明敏，人莫能及。尤俶傥重气节，敢为。为左司郎中，誉甚重，一时人士推仰焉。贞祐初，出为河南府治中，主帅温迪罕福兴，奸伪人也，公临事少不逊让，遂交恶。是时，北兵围燕都，事已迫，四方无勤王师，公独慨然有赴援意，屡以言激福兴。福兴惮之，因诬以有异志，辄收赴狱。名士如庞才卿、雷希颜、辛敬之皆连系，考掠，无实。然公竟为福兴所困，死狱中。余会赦，得释。公既卒，朝命下，除公河南路安抚副使，代福兴，士夫痛愤。后朝廷知其冤，谪福兴远郡，昭雪之。屏山于人材少许可，至论公，独以为真济世材。又言其学术端正，可以为吾道砥柱。时之不幸，为奸人所害。屏山以诗哭之甚哀，雷希颜又为文以祭，述其事，为时所称。屏山又将文其碑，未著，死，后其子属之雷公。雷公以其仇人犹在也，亦未著，死。迄今事状不详，惜哉。公诗亦高，余家有数十篇，遭乱失去。尝记其《中秋》诗有云："跳上玉龙背，抱得银蟾光。"亦奇语也。

　　杨尚书云翼，字之美，平定人。先擢词赋第，又经义魁，亦中乙科。入仕能官，练达吏事，通材也。南渡，为翰林学士、吏礼部尚书、御史中丞。将大拜，以风疾止。再为学士，卒，士论惜之。公笃学，于九流无不通。又善天文算学，博洽人莫及。尝上疏谏宣宗南征。鞫狱以宽恕，待士谦甚，士无贤不肖称焉。晚年与赵闲闲齐名，为一时人物领袖。且屡知贡举，多得人。南渡时诏皆公笔。其《应制白兔》诗云："光摇玉斗三千丈，气傲金风五百霜。"又吊余先子有云："清华方翰府，憔悴忽佳城。"其余文字甚多，家有集。子恕。

　　庞户部铸，字才卿，辽东人。少擢第，仕有能名。南渡，为翰林待制,迁户部侍郎,坐游贵戚家,出倅东平,擢京兆路转运使,卒。博学能文,工诗书,蔼然为一时名士。其《题杨秘监雪谷晓装图》云:"溪流咽咽山昏昏,前山后山同一云。天公谈玄玉屑喷,散为花雨白纷纷。诗翁瘦马之何许,忍冻吟诗太清古。老奴寒缩私自语,作奴莫作诗奴苦。木僵石槁鸟不飞,山路益深诗益奇。老奴忍哭怜翁痴,不知诗好将何为。杨侯胸中富邱壑,醉里笔端驱雪落。如何不把此诗翁,画向草堂深处著。"

张运使毂,字伯英,许州人。少擢第,以谨愿、纯厚著名。尝为监察御史,言奸臣纥石烈执中事,士论壮之。后以母丧,归居许之西城,有园圃,号小斜川,花木泉石,隐然一佳处。公日在其间行吟坐啸,客至,一觞一咏,尽欢。襟韵俏然,君子儒也。寻判隰州刺史,召为户部郎中,同知河南府,迁平阳路转运使,卒。公莅官以廉,俸禄未尝妄縻,布衣蔬食,泊如也。性友爱。弟觳,才高,相与甚欢,所蓄称其所用。独好收古人器物,所在购求,以是丛于家。古镜尤多,其样制不可遍识。字画劲古,有颜平原风。诗学黄鲁直格。尝赠余先子诗云:"丘垤孰与南山尊?公卿皆出山翁门。遗文人共师夫子,阴德天教有是孙。问礼庭中新有桂,忘忧堂下旧多萱。人间乐事君兼有,歌我新诗侑寿樽。"此斜川时事也。赴隰州被召时,又寄诗,有句云:"溪口急流裁燕尾,山腰曲路转羊肠。到郡莅官才九日,过家上冢正重阳。"

陈司谏规,字正叔,绛州人。弱冠擢第。南渡,为监察御史,上宣宗十事,直言当时得失,忤旨,出为徐州帅府经历官。正大初,收用旧人,召为右司谏,数上书论事。改刑部郎中,以事罢。再为补阙,复拜司谏,言事不少衰,朝望甚重,凡宫中举事,上曰:"恐陈规有言。"近臣窃议,惟畏陈正叔,挺然一时直士也。后出为中京副留守,未赴,卒于围城,士论惜之。公为人刚毅质实,有古人风。笃学问,至老不废。晚喜为诗,与赵、雷诸公唱酬。其吊先人诗有云:"骢马余威行尚避,仙凫善政去犹思。"人以为破的。初,先人见其所上十事,叹曰:"宰相材也。"惜乎朝廷不能用。后同朝,相见甚欢。未几,先人下世,余复从之游。每论及时事,辄愤惋,盖伤其言之不行也。死之日,家无一金,知友为葬之。

许司谏古,字道真,河间人。父安仁子静,名士,汾阳军节度使。公少擢第。南渡,为侍御史。时丞相尤虎高琪擅权,变乱祖宗法度,公上章劾之。上知其忠,常庇翼之,凡有奏下尚书省,辄去其姓名。然竟为高琪所中,贬凤翔幕。正大初,召为补阙,迁左司谏,言事稍不及昔时。后致仕,居嵩山下,病卒。平生好为诗及书,然不为士大夫所重,公论但称其直云。初贬凤翔,朝士畏高琪,故皆不敢与言。余先子时为提举南京榷货事,独以诗送之,有云:"有晋必无楚,两雄难并驱。向来既发药,其可止半途。"又曰:"君年迫桑榆,只身忧患余。双亲白杨拱,同气紫荆枯。贫无孟光春,醉无骥子扶。唯有忠义名,可与天壤俱。"盖欲坚其初志也。闻者竦然,多传之。后游叔麟之,为凤翔录事,先人又寄以诗云:"寄语多言唐谏议,生还记取李师中。"亦此意也。

赵尚书思文,字庭玉,中山人。与其弟庭秀、庭直皆名进士。公少擢第,为省掾。从完颜福兴守燕都,福兴死,奔诣南京行宫,擢侍御史。出为汝州防御使,迁集庆军节度,所在镇静,吏民赖之。公暇以诗酒为乐,好吹笛,多著乐章,为人传诵。南渡后,士大夫有典郡之荣者,不及也。正大末,召为礼部尚书,卒。为侍御史时,与余先子同台。为礼部时,余始一识也。为人宽厚,有君子之风。

萧尚书贡,字真卿,京兆人。少为名进士,时号"三萧"。南渡,为户部尚书。后致仕还乡,卒。公博学,尝注《史记》,又著《萧氏公论》数万言,评古人成败得失,甚有理。

史翰林公奕,字宏父,大名人。工书,有能名,自号岁寒堂主人。正大初,为翰林修撰,又充益政院官,为上讲书。后致仕居亳,卒。重厚人也。

崔翰林禧,字伯善,卫州人,与屏山同年进士也。长于史学,历代典故无不通。南渡,为翰林待制,与闲闲、屏山同在院。后出刺永州,病卒。

王翰林良臣,字大用,潞州人。长于律诗,尖新,工对属。南渡,在馆。后从李天英北征,遇害。其《上移剌总管》云:"笔底有神扶气力,人间无处著声名。"又绝句云:"流转年光桥下水,翻腾时态岭头云。溪翁道号奇聋子,除却松风百不闻。"人多传诵之。

石抹翰林世勣,字晋卿,契丹人。少有词赋声,擢第。读书为文有体致。南渡,为左司郎中,坐事免。久之,为礼部侍郎、司农、太常卿、翰林侍讲学士。从末帝东征,至蔡州,城陷死。有子嵩企隆。

王左司□□,字公玉,临潢人。少擢第,入仕以能称。大安末,为左司员外郎,累迁青州防御使。与宰相抹捻尽忠不协,左迁刺州。南渡,以病免。居蔡州,卒。杂学,喜《易》及佛、老、庄书。

吕陈州子羽,字唐卿,大兴人。少为名进士,擢第。南渡,为左司郎中,坐事免官。后同知开封府,迁陈州防御使。时军旅数兴,户口逃窜,公因以实闻于朝,而小人李涣以为不忧国、失军储,下吏当死。公耻之,缢于太康驿。后朝廷知其无罪,复其官。公入仕,以能称。读书为文有士大夫风。致死非其罪,天下伤之。

李治中通,字平甫,栾城人。少擢第,有能声。工诗善画,与屏山诸公游,自号寄庵老人,蔼然名士大夫也。南渡,授东平府治中。后致仕,居钧台,病卒。有子冶。屏山尝赠诗云:"寄庵丈人眼如月,墨妙诗工兼画绝。儒术吏事更精研,只向宦途如许拙。"为监察御史,言纠石烈执中不法事,闻者竦然。

潘翰林希孟,字仲明,磁州人。少擢第。南渡,为吏部主事,迁翰林修撰。后病风疾卒。为文条畅有法,宣宗哀册、玉册皆其笔也。

郭翰林伯英,字伯诚,上党人。第进士,为南顿西平令,有治迹。正大中,由应奉迁修撰,以风疾暴终。为人质厚不苟合。喜读书为文,词有《香山赋》,诸公皆有诗。

刘翰林祖谦,字光甫,解州人。少擢第,为吏有声。由宁陵令丁父忧,数年不调。南渡,召为大理司直,拜监察御史。出为河南府判官,再召为翰林修撰。遭乱北迁,为兵士所杀。公博学,兼通佛老百家言,从赵闲闲、李屏山诸公游,甚为所重。谈论亹亹不穷,援笔为文,奇士也。尝请屏山志其父墓,屏山以事废,命余代焉。铭辞屏山笔也。迨屏山殁,公以文祭,有曰:"凤不足以言瑞,龟不足以效灵,吾视之其犹龙也。"诸公称之。与余父子交,尝属余作《蒲萄酒赋》、题其父所画《河山形势》诗,亦一知己也。

冯吏部延登，字子俊，吉州人。少擢第。南渡，为太常博士，累迁吏部郎中、翰林待制。奉使北朝，逾年归，迁吏部侍郎。遭乱，不知所终。公为人谨厚，吏事亦精。笃学问，长年犹不辍，在公署，日钞书。为文苦思，尚奇涩，诗亦新巧可称。与余先子交最善，先子入翰林，公与赵闲闲所荐也。平生著述甚多，尝以示余。乱后散失，可惜。

时治中戬，字天保，后改字多福，沧州人。少为人奴，后读书为学，第进士，其主良之。南渡，为监察御史，历清要，致仕，卒。为人纯厚好学，多读《易》、《左氏春秋》，君子儒也，自号拙庵。尝属余作记，与余家三世交。

王府判仲元，字清卿，东平人，广道先生之孙也。工书，法赵黄山，自号锦峰老人。卒于京兆幕。

张司直谷英，字仲杰，赵州人。擢经义高第。从屏山诸公游，为文以多为胜。尝为南顿令，从军数年，入为省掾大理司直，卒。自号无著道人。屏山为作《梦记》。余先子同年进士也。

卷五

王翰林彪，字武叔，大兴人，贞祐五年经义魁也。为文颇驰骋波澜。性疏放，嗜酒，不拘细事。初，对廷策，宣宗喜其文，以为似古人，特授太子副司经、国史院编修官，进司经。末帝在东宫，颇见知。后入翰林为应奉，迁修撰。出为平凉府治中，入为待制。出刺州，未赴，南京被围，食乏，服绝粒药，俄饮酒被药死。尝赋《吕唐卿海藏斋》诗云："虚白云中含法界，软红尘底寄虚舟。"又，"只应乌帽红尘底，羞见苍烟白鹭洲。"亦可喜也。

张翰林邦直，字子忠，河内人。少工词赋，尝魁进士平阳。南渡，为国史院编修官，迁应奉翰林文字。在馆五六年，从赵闲闲游。性朴澹好学，尤善谈论，人多爱之。闲闲本注《太玄》，子忠尝言，亲授于关中隐士薛子明，因相与讲辨甚久。俄丁母艰，出馆，居南京，从学者甚众。束脩惟以市书，恶衣粝食，虽士宦如贫士也。同年如雷、宋诸人，皆以声名意气相豪，子忠独恬退，以学自乐。正大初，余先子入翰林，子忠从之游。后先子下世，有《挽诗》云："桃李双凫舄，风霜一豸冠。才华惊世易，勋业到头难。白日空金马，青天下玉棺。传家有贤子，文或似欧韩。"甚为诸公所称。先子殁，与余善。后南京被围，阙食，余遇之富城西，敝衣缊缕可怜。已而，闻鬻卜天街，值一回鹘问卜，子忠以文语应之，为回鹘所殴。北渡，将还乡，道病死。哀哉！

张翰林仲安，字晋臣，燕山人，贞祐六年词赋魁也。为人谦谨有礼法，时辈称焉。为文亦平畅得体，尤工词赋。自居太学有声，入翰林为应奉，秩未满，卒，士论皆惜之。

高斯诚法飓，大兴人，至宁元年经义魁也。读书有学问，与王从之、李之纯游。为诗文恬澹自得。初调凤翔府录事，为行部檄监支纳陈州仓，因忤郡魁吏，构之下狱，几死。已而赦免，病终。颇喜浮屠，自号唯庵。与余先子善。

刘遇鼎臣，真定人，兴定五年词赋魁也。少与王从之、周晦之游，兼经义学,有誉。南渡,为国史院书写。已而擢第,应奉翰林,后出为郾州帅府经历官,遇害。尝与余同文会,且同试于廷。读书,有文学。

张翔茂进,太原人。第进士,为南京榷货司勾当官,迁南京曲使。出为太康令,莅官清苦,有治声。好书,从士大夫讲学,为文作诗,有志于时名。遭乱,殍卒。与余交最善。

董治中文甫,字国华,潞州人,第进士。南渡,尝为大理司直,后为河南府治中,卒。自号无事老人。为人淳谨笃实,学道有得。其学参取佛、老二家,不喜高远奇异,循常道。临终预知死期,斋浴而逝,时人异之。兴定初,余先子居丧淮阳,公乘传过焉,谈道竟夕。余时为童子,窃听窗下。盖其于六经、《论》《孟》诸书,凡一章一句皆深思而有得,必以力行为事,不徒诵说而已。既去,先子大称之。后于郝丈国才处得所著一编,皆论道之文,迄今藏余家。其子安仁,传其学,亦谨厚人也。

申编修万全,字百胜,高平人。与其兄无移百福俱擢第。百胜为人沉重,不妄交。好经学,勤勤君子儒也。尝为郑县令,爱民慎狱,不为赫誉,邑民便之。后召入史馆,俄摄监察御史、应奉翰林。居京师,朝归,闭门讲诵不出。睹时事不惬意,屡欲以母老归,未果也。正大末,为南伐行台辟掌书檄,至淮上,大雨,宵行,溺水死,士论惜之。赵闲闲为文以祭,哀甚。初,百胜在太学,与雷丈希颜及余先君同舍相善,先君尝称其为人。后入朝,先君已下世,余因得从游。为文亦典雅有体。

许国至忠,怀州人。少擢第,有能名。性闲澹,不锐仕进。居卢氏西山下,不赴调。数年后,召为南京丰衍库使。倾家货市书,后告归。赵闲闲诸公多重之。余尝至其家,敝衣粝食,环堵萧然,盖清苦之士也。未乱,病卒。

王贡安之,北京人,参知政事之翰从子也。擢第,以修洁称。南渡,得度居郾。操行纯谨,时人甚重之。后病卒。

王彧子文,洺州人。少擢第,南渡,为省掾。睹时政将乱,一旦弃妻子,径入嵩山,剪发为头陀,自号照了居士,改名知非,字无咎。居达摩庵,苦行自修。朝廷初疑焉,遣使廉之,知其非矫伪,乃止。当世号王隐居,名甚高。后十余年,忽下山归其家,复与妻子如旧。妻死更娶,又为洛阳行省参议。遭乱,不知所终。嗟乎,有始有卒者难矣哉!

马天采元章,太原人。擢第,与雷希颜、宋飞卿同年。为人诡怪好异,又喜为惊世骇俗之行,人莫测焉。南渡,为史院编修官。不事修饰,麻绦草履,沉浮闾里,殊无朝士风。杂学,通太玄数,又善绘画及塑像。虽居官,辄为人塑画自神。颇善李屏山。当屏山殁,为写真,且题以赞,皆怪语,末曰:“若到黄泉见鲁仲连、蔺相如,道余传示。”其狂诞如此。后以病终。

杨户部槙,字正夫,吉州人。少擢第,有能名。南渡,为左司员外郎,颇与权要辨争,以罢。后为户部侍郎,又行部河中。北兵攻胡壁堡,将陷,正夫知不免,先使其妻子赴黄河,已从之死。为人慷慨有气节,士大夫多称之。甚可惜。

李中丞英,字子贤,辽东渤海人。布衣,以气节闻,后擢第为省掾。贞祐初,北兵犯京师,与侯挚、田琢请偕行,提兵扼居庸关,屡战有功,擢宣差都提控。南渡,召为御史中丞,诏与元帅庚寿同率兵援燕都。至潞州,遇北兵,战死。初,子贤之出也,河南民望太平。遽丧败,天下惋惜,朝廷褒赠焉。

田总管琢,字器之,蔚州人。少擢第,为省掾。贞祐初,北兵围燕,器之慨然求见,愿出招乡里义兵守要冲,宣宗壮之,擢同知蔚州节度使,得兵数千,屡与敌战有功,迁浚州防御使、宣差都提控。南渡,驻军陈州。久之,命守华州,领节度使,战潼关下。军败,归罪于其副任铸,斩之。改东平路转运使,俄命守益都,为山东东路兵马都总管。张林之变,逐器之,以城北降。朝廷召之,将加罪,道发疽,卒。赵闲闲有《送器之》诗云:“田侯落落奇男子,主辱臣生不如死。殿前画地作山西,愿与义军相表里。恨我不得学李英,爱君不减侯莘卿。横道浮尸三十万,潼关大笑哥舒翰。”

梁翰林询谊,字仲经,父绛州人,户部尚书襄子也。少游太学有声。为人多膂力,尚气节,慨然有取功名志。屏山诸公皆壮之,尤与雷希颜善。文章豪放,有作者风。既擢第,复举宏词,为应奉翰林文字，出为上京留守判官。宣宗南渡，宗室万奴叛，据上京，独仲经父不从，以节死，朝廷优赠之。

韩府判玉，字温甫，燕人。少读书，尚气节。擢第，入翰林，为应奉文字。后为凤翔府判官。大安中，北兵围燕都，夏人连陷边州，陕西帅府檄温甫为都统，募军，得万人。出屯华亭，与夏人战，败之。而温甫毅然有勤王志，因移檄关中，言词忠壮，闻者感动。其檄有云："人谁无死？有臣子之当为。事至于今，忍君亲之弗顾？勿谓百年身后虚名一听史臣，只如今日目前，何颜再居人世？王侯将相宁有种乎？富贵功名当自致耳。"或诬温甫以有异志，收鞫死狱中。士大夫愤惜。

聂左司天骥，字元吉，五台人。弱冠擢第。沈静寡言，不妄交，入官以谨自守。兴定初，为省掾。时胥吏擅威，士人往往附之，独元吉不少假借，彼亦不能害也。后平凉帅辟为经历官，军败，同其帅被责。俄擢左司员外郎。天兴改元，末帝东迁，留二执政居守，元吉与焉。崔立之变，二执政死，元吉亦被创甚，归卧于家，旬日不食，卒。金亡，士流之在位以节死者，惟元吉一人。其死也，其女子适以寡来归家居，见其父殁，亦缢死。时人伤之，虞乡麻革信之为作《聂孝女传》。

程御史震，字威卿，东胜人，与其兄鼎和卿俱擢第。公入仕，有能声。兴定初，召百官举县令，公得陈留。陈留南都属邑，颇繁，公治为河南第一。召拜监察御史，弹劾无所挠。时皇子英王为宰相，家僮辈往往恃势侵民，公以法劾之。英王怒。未几，坐为故吏所讼，罢官。岁余，呕血卒。公为人刚直，有材干，忘身徇国，不少私。与余先子同年擢第，相得甚欢。已而同为御史台，纲大振，小人皆侧目，故俱不能久留于朝。公既居闲，慨然有志于学，将延致名儒执弟子礼，师事之。会卒，士论惜之。

魏户部琦，字民英，宏州顺圣人。少工词赋，擢高第，为鄯阳令，有治行。南渡，为南京留守判官，迁户部员外郎、郎中，以材干称。贞祐末，北兵犯潼关，行部北军前，至洛阳，见杀。朝廷官其子焉。

吾古孙左司奴申，字道远，由女直人译史入官。性伉特敢为，有直气。尝为监察御史，时中丞完颜百家以酷烈闻，道远以事纠罢，朝士耸异。后为左司郎中、近侍局使，皆有名。天兴东狩，留南京居守。崔立之变，同御史大夫裴满阿虎带自缢于台中。与余先子善，余尝为赋《古漆井》诗。

裴满御史大夫阿虎带，字仲宁，女直进士也。经历清要，名亚完颜速兰。尝为陈州防御使，累迁御史大夫，使北朝。崔立之变，自缢死。同时户部尚书完颜仲平亦自杀。仲平亦女直进士也。

末帝宝符李氏，国亡，从太后、皇后北迁。至宣德州，居摩诃院。李氏自入院，止寝处佛殿中。作为旛旆数合，会当同后妃赴龙庭，将发，于佛像前自缢死，且自书门纸曰："宝符御侍此处身故。"凡施旛旆几何。较之后妃辈失节者，何啻霄壤？甲午岁，余家武川，观其遗迹。

李尚书元忠，字献可，武州人。少擢第，历清要。南渡，为工部尚书。审决河南冤狱，多所平反。俄坐督修京城工不谨，出为泰宁军节度使。致仕，居陈州。每朝廷有政事不合，或民间利害，屡上言。亦读书，有学问，和厚人也。

李陈州山，字夏卿，一字安仁，大名人。少擢第，历清要。南渡，同知开封府，迁陈州防御使。为小人所陷，罢。闲居南京，以事赴井死。为人重厚。读书，喜作诗，号松风老人。

刘户部元规，字元正，咸平人。少擢第。南渡，为侍御史。时尤虎高琪为相擅权，公数抗言事，争殿上，出同知昌武军节度使事。后为户部郎中，行部河中，坐事斥。后致仕。天兴改元，诏使北朝，不知所终。

康司农锡，字伯禄，赵州人，与雷希颜、冀京父同年进士。正大初，由省掾拜监察御史，上章言点检完颜撒合辈预政非宜。又言宿帅纥石烈牙虎带太恣横不法。时二人权势赫然，伯禄皆不屑，士论称焉。后为南京路司农少卿，再授河中帅府经历官。北兵陷河中，帅率兵南奔，济河，船败死。为人厚重有为，颇读书。尝赋《打球》诗云："高飞远走偶然耳，坎止流行任所之。"余先子云："亦有理也。"

杨左司居仁，字行之，其先大兴人，后居南京。年十八擢第入仕，以能称。为人谨密，朝廷上下皆爱之。为监察御史，言事称旨。由吏部郎中改太常少卿。使北朝，凡再往。归，坐事废。天兴末，迁为左司郎中，与二执政居守。崔立之变，被伤，窜卧余家。已而，为立强起，复旧职。俄以病辞去。将北渡，举家投黄河死，时年未五十。公少有吏能，晚读书，作诗有佳处。使任清时，不失为名卿、材大夫。遭世乱，困踬可叹。与余父子交最善。余尝送其《北使序》及诗。

房刑部维桢，字周卿，济南人。少擢第。南渡，为左司都事、司农少卿。出刺申州，召为刑部郎中，卒。为人谨厚，读书作诗，颇好贤。

齐申州椿，字寿之，夏津人。少擢第，入官，以廉称。南渡，为监察御史、右司都事。许古尝上书荐之。后为司农丞，进少卿。出刺申州，卒。

张户部俊民，字用章，延安人。擢第，以材干称。尝为户部郎中，进侍郎。遭乱北迁，病卒。为人慷慨尚气义，喜学《易》。

杨户部慥，字叔玉，五台人。擢进士第。南渡，为监察御史、户部郎中、司农卿，迁户部侍郎。通吏事，有能名。正大末，权参知政事，后罢守户部。南京降，病卒。尝与余先子同任御史，颇作诗。

高尚书夔，字唐卿，保州永平人。第进士，莅官有才誉。南渡，历户部员外郎，后迁尚书，专治粮储。尝巡行京东，便宜行事，抵罪，诏释之。天兴初，为翰林学士。乱后北迁还乡，卒。

冯内翰璧，字叔献，真定人。为人严毅整肃，望之俨然，人莫敢视。然文采风流，言谈洒落，使人爱之不能舍以去。诗笔清遒，字画严峻，为一时所称。与李屏山、王从之同年第，二公皆重之。大安初，入翰林，由应奉迁修撰。后屡为法官，台察弹劾不避权势。时高琪当国，察其畏谨，数以公推考贵人，所拟辄称旨，朝士多侧目，颇有刻骨之讥。屡上章言事，又条上恢复之策。出为同知亳州，致仕归嵩山，结茅玉峰下，自号松庵，徜徉泉石间。酿酒名"松醪"，味胜京师。采兰置室中，与山僧野客作斗兰会。壬辰之乱北归，由东平至镇阳以殁，年七十有九。平生文章工于四六，尺牍为当代之冠，人得一篇皆宝藏之。与韩温甫、高献臣友善。后进中特喜雷希颜、冀京父、王仲泽，皆从之游。颇与余先子善。壬辰岁，围城中，余居与公相近，甚相往来。时公年已高，神采毅然，目光如炬，布袍麻屦，杖策翩然，后生辈莫及也。北迁后，再见于镇阳。今其亡矣，前辈风流遂不复见，惜哉。子渭,以孝称。

王革字德新,宏州人。少有才思,诗笔尖新,风流人也。屡举不第,以任子仕。晚由恩得主宜君簿。北渡居云内,后迁云中,卒年七十余。名士皆其友也。尊酒之间,一谈一笑,甚有前辈风,今不复见矣。戊辰冬,赴试西京,自以年高,与诸后进偕入,复作此举,因有诗云:"惯擎苍龙晓漏钟,受恩曾入大明宫。香浮扇影迎初日,人逐鞭声静晓风。转首俄惊成异世,此身虽在已衰翁。唤回五十年前梦,再著麻衣待至公。"

郭子通为太常博士,宋国遣信使以申议为名,将有所求也,宰相下其事于礼官,诸公环视未对,子通对曰:"申者重也、再也,自大定甲申讲和之后,盟约既定,无复再议之事。且以小事大,若有祈请,亦难申议之名。"宰相是之。后宋使之来,改曰祈请,议者服其识远。大定十七年三月朔万春节,诸国人使将见而大雨作,大宗伯张公问子通曰:"礼当何如?"子通曰:"哀公问孔子曰:'诸侯朝于天子而不得见也有四,雨沾服失容一也。'"张公曰:"此非使臣之事。"子通曰:"彼国主之来尚不得见,况其臣乎?"少顷,有敕放朝,士大夫服其知体。右见李致美作《子通神道碑》。子通卒清州防御使。

卷六

高丞相汝砺，字岩夫，应州人。少擢第，入仕有能名。尝为左司郎中、谏议大夫。入户部，专掌财赋。迁尚书，改三司副使，倡行钞法，以代货泉。宣宗南渡，拜参知政事，迁左右丞。进平章政事、右丞相，封寿国公。正大初，薨于位，年七十余。为人慎密廉洁，能结人主。知守格法，循默避事，不肯强谏。故为相十余年，未尝有谴诃。寿考康宁，当世莫及。金国以来书生当国者，惟公一人耳。

贾左丞守谦字彦亨，东平人。少擢第，莅官以能称。章宗时为谏议大夫，皇叔镐王以疑忌下狱，公力争，士论直之。大安末，拜参知政事。南渡，进右丞，迁左丞，致仕，薨。

胥平章鼎，字和之，代之繁畤人。父持国，章宗时执政。公少擢第，以能称。为右司郎中，善占对。大安末，为参知政事，俄出镇平阳。宣宗南渡，行台河中，兵民安辑。进平章政事兼左副元帅，移镇京兆，封莘国公。后朝廷将伐宋取蜀，召议。公归，上言止之，坐是忤旨，致仕薨。公通达吏事，有度量，为政镇静，所在无贤不肖，皆得其欢心。南渡以来，书生有方面之柄者，惟公一人而已。

张左丞行信，字信甫，先名行忠，避末帝旧讳改焉。莒州人，御史大夫晸之子，太子太傅行简之弟也。家世以纯厚称，士论以为如汉万石君家。公少擢第，历清要。宣宗南渡，为礼部尚书。时丞相朮虎高琪擅权，百官侧目。因廷议事，公独抗言折之，上甚喜。明日，拜参知政事。未几，为近侍所潜，出镇泾州。到官，上疏论近侍之奸，士大夫称重。正大初，首召拜左丞，言事稍不及前，人望颇减。后致仕，数年薨。为人简朴，不修威仪，恶衣粝食如贫士。既致仕家居，惟以钞书、教子孙为事。葺园池东城，号静隐亭，时时游咏其间为乐。南渡宰执中最有直名。初至南京，父晸以御史大夫致仕，犹康健。兄行简为翰林学士承旨，公为礼部尚书，诸子侄多中第居官，当世未之有也。

侯平章挚，字莘卿，东阿人。少擢第，慷慨有为。贞祐初，北兵围燕都，公由中都曲使请出募军，已而婴城有功，自行户部侍郎，迁河平军节度使。宣宗南渡，为参知政事，出镇东平，移镇下邳，所至吏民安爱。后入朝，迁左丞。正大初，进平章政事，封萧国公。居相位，愤无所施，请守大名，诏出行尚书省。未几，还朝。致仕，居南京，有园亭蔡水滨，公日在间与耆老宴饮。后南京降，以前宰执，为北兵所杀。为人有威严，御兵人莫敢犯。在朝遇事亦敢言，颇喜荐士，如张文举、雷希颜、麻知几，皆由公进用。南渡后宰执中人望最重。

李参政巩，字君美，河中人。少擢第，有能名。南渡，为参知政事，出镇平阳。北兵至，城陷自杀。从子复亨，字仲修，逾冠擢第，以才能称。为人通敏，善奏对，南渡为左司郎中，大为宣宗所器，一时誉甚隆。迁翰林直学士，知开封府，进吏部尚书，为参知政事，年方四十，父母俱存，近世未有也。兴定末，坐监试进士失取人，出镇同州。未几，北兵攻城陷，自杀。叔侄相继执政，俱死事，士论所嘉。遇轩赵宜之《挽仲修》诗云："报君惟有死，见叔固无惭。"人以为破的也。

师参政安石，字仲安，清州人。少擢第，轻财尚气，义闻于朋友。为省掾。宣宗南渡，从完颜福兴守燕都。福兴将死，以遗表托仲安，使赴行在。既达，上嘉之，擢枢密院经历官。时末帝在春宫领院事，遂见知遇。正大初，进同金枢密院事，迁御史中丞、工部尚书，遂为参知政事，其骤用如此。既居位，人望颇减，俄以脑疽薨。

李左丞蹊字贯之，大兴人。少擢第，通吏事，能官。南渡，为左司郎中，迁吏部侍郎。为蒲察合住所陷，下狱当死，诏释之。后为大司农。正大初，拜参知政事，进左右丞，专掌财赋。北兵围南京，坐粮储不给，除名。久之，起为工部尚书，权参知政事，复左丞，奉使军前送曹王。后从末帝东征，至睢阳，官奴之变见杀。

吾古孙参政仲端，字子正，女直进士也。为人谨厚，莅官以宽静称。兴定间，由礼部侍郎使北朝，从入西域，二年始归。为陈州防御使，迁御史中丞，为参知政事，人望甚隆。天兴东狩，罢为翰林学士承旨。知时事不可支，家居一室，陈平生玩好，日与夫人宴饮为欢。癸巳正月下旬，忽闭户自缢，其夫人亦从死。明日，有崔立之变，若先知者。金国亡，大臣中全节义者一人。公使归时，备谈西北所见，属赵闲闲记之，赵以属屏山，屏山以属余。余为录其事，赵书以石，迄今传世间也。

完颜参政速兰，字伯阳，至宁元年女直进士魁也。莅官修谨得名，然苛细不严，任大事，较之辈流颇可称。仕历清要，时望甚隆，为宣宗所知，擢任近侍局。颇直言，有补益。旋罢出，为谏议大夫。居父丧，不饮酒食肉，庐墓三年。后为参知政事，同纥石烈牙虎带守京兆，不相协，召还至陕，被围。久之，亡奔行宫，道遇害。与余先子善。弟奴申，字正甫，亦女直进士。仕历清要，由吏部侍郎使北朝，凡再往。天兴东狩，拜参知政事，留守南京，龌龊不能有为，崔立之变见杀。

完颜右丞胡斜虎，字仲德，女直进士也。为人忠实，有时望。尝帅秦、巩。天兴改元，南京被围，仲德提孤军入援，转战数回，止存五六人。至京城门，遇末帝东狩，因从以行。驻睢阳，拜参知政事。从徙蔡州，进右丞，间关阴阻中，尽心不懈。蔡围既急，末帝内禅，崩。城陷，仲德帅兵三百，力战不支，赴蔡水死，军士皆从之。其得士心，虽古之田横无以加也。金国亡，死君者，惟仲德。

完颜平章合打，由护卫入官典郡。尝陷北朝，亡归南都，累擢平凉帅。为人勇敢忠实，一时人望甚隆。拜参知政事，代胥相鼎镇京兆，军民便之。北兵犯蓝关，将兵拒战有功，入朝，进平章政事，封芮国公。正大末，北兵由襄、汉大入，诏合打帅精兵拒之。已而失利，退保钧台，军败见杀。

完颜中郎将陈和尚，字良佐，兄斜烈，毕里海世袭猛安也。忠义勇敢著名。尝陷北朝，亡归，擢帅寿、泗，威望甚重。性好士，幕府延致文人。改安平都尉。尝愤郁无所施，发病死。良佐从其兄在军中，勇冠一时。尝坐擅杀人，将抵死，上奇其材，特赦之。为忠孝军总领，擢御侮中郎将。天兴改元，北兵入河南，良佐从完颜合打力战钧台，军败被擒，不屈死。良佐为人爱重士大夫，王渥仲泽在其兄幕府，良佐从之游，学仲泽书，极可观。且同讲经学，读书不辍，亦一时弟兄良将帅也。

移剌都尉买奴，字温甫，契丹世袭猛安也。读史书，慷慨有气义。

喜交士大夫,视女直同列诸人奴隶也。尝为宣抚使,便宜邓、豫间,以事杖杀经历官,坐废。后为虎贲都尉,提兵赴关中,后由商南全军而回,病死。自号拙轩。赵闲闲为赋之,诸公皆有诗。正大初,先子令叶,余往省,会温甫,属余为《拙轩铭》,先子亦有诗。

移剌枢密粘合,字廷玉,契丹世袭猛安也。弟兄俱好文,幕府延致名士。初帅彭城,雷希颜在幕,杨叔能、元裕之皆游其门,一时士望甚重。为将镇静,守边不扰,军民便之。天兴东狩,知国亡,率邓州军民诣宋人纳款。宋以兵马辖处之,赐第,居襄阳。未几,病死。

南渡之初,将帅中最著名者曰郭仲元,俗号郭大相公,其军号"花帽子"。曰郭阿里,俗号郭三相公,其军号"黄鹤袖"。二人本非亲兄弟,以其壮勇,年齿先后为配。仲元为将,重厚沈毅有谋。守凤翔,北兵力攻,数月不下而退,卒保其城以闻。后为兵部尚书、皇太后卫尉,卒。阿里最骁勇,人莫能敌。屡与北兵战,有功,一时为士庶属目。后提兵关中,与宋人战,马倒被擒,不知存殁也。

南渡后,诸女直世袭猛安、谋克,往往好文学,喜与士大夫游。如完颜斜烈兄弟、移剌廷玉温甫总领、夹谷德固、尤虎士、乌林答肃孺辈,作诗多有可称。德固勇悍,在军中有声,尝送舍弟以诗,亦可喜。天兴初,提兵戍谯,军乱见杀。

南渡之后,为将帅者多出于世家,皆膏粱乳臭子,若完颜白撒,止以能打球称。又完颜讹可,亦以能打球,号"杖子元帅"。又完颜定奴,号"三脆羹"。又有以佽忍号"火燎元帅"者,又纥石烈牙忽带号"卢鼓椎",好用鼓椎击人也。其人本出亲军,颇勇悍,镇宿、泗数年,屡破宋兵。有威,好结小人心。然跋扈,不受朝廷制。尝入朝诣都堂,诋毁宰执亦不敢言,而人主倚其镇东,亦优容之也。尤不喜文士,僚属有长裾者,辄取刀截去。又喜凌侮使者,凡朝廷遣使者来,必以酒食困之,或辞以不饮,因并食不给,使饿而去。张用章尝以司农少卿行户部,过宿见焉,牙虎带召饮,张辞以有寒疾。牙虎带笑曰:"此易治耳。"趣命左右持艾炷来,当筵令人拉张卧,遽蒸艾于腹,张不能争,遂灸数十。又因会宴,诸将并妻皆在座,时共食猪肉馒头,有一将妻言素不食猪肉,牙虎带趣左右易之。须臾食讫,问曰:"尔食何肉?"

其人对曰："蒙相公易以羊肉，甚美。"牙虎带笑曰："不食猪肉而食人肉，何也？尔所食非羊，人也。"其人大呕，疾病数日。又御史大夫合住因事过宿，牙虎带馆之酒肉，使妓歌于前。及夜，因使其妓侍寝，迟明将发，令妓征钱。合住愕然，牙虎带因强发其箧笥，取缯帛悉以付妓，曰："岂有官使人而不与钱者乎？"合住无以对而去。故司农、御史皆不敢入其境，避之。又宿州有营妓数人，皆其所喜者，时时使一妓佩银符，屡往州郡取赇赂，州将夫人皆远迎，号"省差行首"，厚赠之，其暴横若此。及康锡伯禄为御史，上章言其事，且曰："朝廷容之，适所以害之。欲保全其人，宜加裁制。"然朝廷竟不能治其罪。后北兵入境，移镇京兆，军败召还，道病死。在东方时，卢鼓椎之名满民间，儿啼亦可怖，大概如呼麻胡云。

任履真子山，许州长葛人。读书喜杂学。深于医，又有乡行，邑人皆信之。贞祐初，召入太医院，旋告归。与闲闲、屏山诸公及余先子善。先子主长葛簿，其修儒宫及太虚观，子山之力居多。为医，起人疾甚众。既卒，闲闲志其墓云。

张子和，睢州考城人，初名从正。精于医，贯穿《难》、《素》之学，历历在口。其法宗刘守真完素，药多用寒凉，然起疾救死多取效，士大夫称焉。为人放诞无威仪。颇读书作诗，嗜酒。久居陈，游余先子门。后召入太医院，旋告去，隐。然名重东州，麻知几九畴与之善。使子和论说其术，因为文之，有六门三法之目，将行于世，会子和、知几相继死，迄今其书存焉。

僧德普，武川人，自号胜静老人。倜傥有机术，与士大夫游，饮酒食肉豁如也。尝为尤虎高琪所重，在军中论兵。南渡，居陈之开元寺。与余先子善，尝著《弥陀偈》谈理性，先子为序之。屏山亦喜其俊爽不羁也。颇喜字画、作诗。年六十余死。余谓古之文畅、秘演之流。

僧圆基，字子初，姓田氏，亦北人。虽为浮屠，喜与豪士游。负其材略，有握兵治民之志，盖隐于僧者也。尝住持南京静安寺，以不检，去。之岘山，历嵩阳，死。与德普相善。颇能诗，尝题移剌右丞画云："调燮之余总是闲，闲中游戏到毫端。而今亦有丹青手，犹在蟠溪把钓竿。"可见其有志也。又《咏柳叶》云："一气潜通造化中,人间无处不春风。莫嫌冷地开青眼,试看夭桃几日红。"

　　王赤腿,不知其名字年齿,人以其衣短,号"哨腿王",或云名予可,字南云,河东人。幼尝为卒,不详。居郾、蔡间,以乞食为事。衣皮衣,露膝。长叹,好插花。额上系以铜片如月,人问之,皆有说。又时时自言为天帝所召,有某仙、某神在焉,所食何物,皆诞诡莫可测。然善歌诗。有求之者,索韵立成。字亦怪异。在郾城,凡寺观楼阁及民家屋壁,书其诗殆遍,往往有奇丽语,如《天仙有梦梅》云："鼎铸陶钧政格新,横斜疏影慰骚魂。婴香枕簟黄昏月,懋棣东风笑谷春。"又"经间璈儿虚云锁,杯卷江山枕岛楼。却忆西岩旧宫殿,半横星斗下瀛洲"。又《题石潭》云："石裂雯华浸月秋。"又"松阴滚碎阑干角"。其他多僻怪不可晓。问之,则曰出天上何书,书名亦不可晓。或云为鬼物所凭。麻知几独重之。李子迁赠诗云："肮脏风仪古丈夫,鹤袍铁面戟髭须。人间春色向头剩,天上月明当额孤。石鼎夜联诗句健,布囊春醉酒钱粗。危楼试倚街头看,应见潜飞入玉壶。"状其人殆尽。正大初,余过郾,诸公为召至,索诗,求韵立书,辞亦不可晓。后因病,失一目明。遭乱北渡,病死。

卷七

兴定初，尤虎高琪为相，建议南京城方八十里，极大，难守。于内再筑子城，周方四十里，坏民屋舍甚众。工役大兴，河南之民皆以为苦。又使朝官监役，分督方面，少不前，辄杖之。及北兵入河南，朝议守子城，或云，一失外城，则子城非我有，遂止，守外城。外城故宋所筑，土脉甚坚，北兵攻之，旬余不能拔，而新筑子城竟无用也。嗟乎！愚人之虑何如哉？使天下郡邑俱失，纵然独保一子城，何以国也？然子城初起时，于地中得一石碣，上有诗云："瑞云灵气锁城东，他日还应与北同。岁月迁移人事变，却来此地再兴功。"亦有数云。其字书类宋人，迄今犹在相国寺。

大梁城南五里号青城，乃金国初粘罕驻军受宋二帝降处。当时后妃皇族皆诣焉，因尽俘而北。后天兴末，末帝东迁，崔立以城降，北兵亦于青城下寨，而后妃内族复诣此地，多僇死，亦可怪也。

南渡之后，南京虽繁盛益增，然近年屡有妖怪。元光间，白日虎入郑门。又吏部中有狐跃出，宫中亦有狐及狼。又夜闻鬼哭辇路，每日暮，乌鹊蔽天，皆亡国之兆。迄今为丘墟瓦砾，伤哉！

南京同乐园，故宋龙德宫，徽宗所修。其间楼观花石甚盛，每春三月花发，及五六月荷花开，官纵百姓观，虽未尝再增葺，然景物如旧。正大末，北兵入河南，京城作防守计，官尽毁之。其楼亭材大者，则为楼橹用；其湖石，皆凿为炮矣。迄今皆废区坏址荒芜，所存者，独熙春一阁耳。盖其阁皆梣木壁饰，上下无土泥，虽欲毁之，不能。世岂复有此良匠也！

宣宗喜刑法，政尚威严。故南渡之在位者，多苛刻。徒单右丞思忠，好用麻椎击人，号麻椎相公。李运使特立友之号半截剑，冯内翰璧叔献号马刘子。后雷希颜为御史，至蔡州，缚奸豪，杖杀五百人，又号"雷半千"。又有完颜麻斤出、蒲察咬住，皆以酷闻。而蒲察合住、王阿里、李涣之徒，胥吏中尤狡刻者也。

宣宗后妃皆出微贱，南渡人有云："头巾王、过道史、白酒庞"，指三外戚家也。王氏有成国夫人者，宣宗皇后之姊，末帝之姨，奢侈尤甚，权势薰天，当涂者往往纳赂取媚，积赀如山，且出入宫掖无时度，号"自在夫人"。天兴改元，末帝东迁，崔立之变，凡富贵家皆搜括金银，成国竟捶死。又有平章政事完颜白撒，以内族位将相，尤奢僭。尝起第西城，如宫掖然，其中婢妾百数，皆衣绫金绮绣如宫人。在尚书省，恶堂食不适口，以其家膳供。然为将相无他材能，徒以仪体为事。从末帝东征，方渡河督战，遽劝上回奔睢阳。众以其误国，归罪请废；末帝不得已，下狱，饿死。

南渡之后，为宰执者往往无恢复之谋，上下同风，止以苟安目前为乐。凡有人言当改革，则必以生事抑之。每北兵压境，则君臣相对泣下，或殿上发叹吁。已而敌退解严，则又张具会饮黄阁中矣。每相与议时事，至其危处，辄罢散曰："俟再议。"已而复然。因循苟且，竟至亡国。

南渡之后，朝廷近侍以谄谀成风，每有四方灾异或民间疾苦将奏之，必相谓曰："恐圣上心困。"当时有人云："今日恐心困，后日大心困矣。"竟不敢言。又在位者临事，往往不肯分明可否，相习低言缓语，互推让，号"养相体"。吁！相体果安在哉？又宰执用人，必先择无锋铓、软熟易制者，曰"恐生事"。故正人君子多不得用，虽用亦未久，遽退闲，宰执如张左丞行信，台谏官如陈司谏规、许司谏古、程、雷御史，皆不能终其任也。

南渡之后，近侍之权尤重。盖宣宗喜用其人为耳目以伺察百官，故使其奉御辈采访民间，号"行路御史"。或得一二事即入奏之，上因切责台官漏泄，皆抵罪。又方面之柄虽委将帅，又差一奉御在军中，号"监战"。每临机制变，多为所牵制。辄遇敌先奔，故其军多丧败。

贞祐间，尤虎高琪为相，欲树党固其权，先擢用文人，将以为羽翼。已而，台谏官许古、刘元规之徒见其恣横，相继言之。高琪大怒，斥罢二人。因此大恶进士，更用胥吏。彼喜其奖拔，往往为尽心，于是吏权大盛，胜进士矣。又高琪定制，省、部、寺、监官，参注进士，吏员又使由郡转部，由部转台省，不三五年，皆得要职。士大夫反畏避其锋，而宣宗亦喜此曹刻深，故时全由小吏侍东宫，至为金枢密院事。南征帅又有蒲察合住、王阿里之徒居左右司，李涣辈在外行尚书六部，陷士夫数十人，亦亡国之政也。

南渡后，屡兴师伐宋，盖其意以河南、陕西狭隘，将取地南中。夫己所有不能保，而夺人所有，岂有是理？然连年征伐，亦未尝大有功，虽破蕲黄，杀虏良多，较论其士马物故，且屡为水陷溺，亦相当也。最后，盱眙军改为镇淮府，以军戍之费粮数万，未几亦弃去。又师还，乘夏，多刈熟麦，以归助军储。故宋人边檄有云："暴卒鸱张，率作如林之旅；饥氓乌合，驱帅得罪之人。"驸马都尉仆散阿海、金枢密院事时全，皆回辕即诛。后又谋取蜀，时胥平章鼎镇关中，奏请缓发，胥由此罢相。嗟乎！避强欺弱，望其复振，难哉。此皆宣宗时事，末帝即位，无南伐之议矣。

甚哉，风俗之移人也！南渡后，吏权大盛。自高琪为相定法，其迁转与进士等，甚者反疾焉。故一时之人争以此进，虽士大夫家有子弟读书，往往不终辄辍，令改试台部令史。其子弟辈既习此业，便与进士为仇，其趋进举止，全学吏曹，至有舞文纳赂甚于吏辈者。惟侥幸一时进用，不顾平日源流，此可为长太息者也。

金朝取士，止以词赋、经义学，士大夫往往局于此，不能多读书。其格法最陋者，词赋状元即授应奉翰林文字，不问其人才何如，故多有不任其事者。或顾问不称上意，被笑嗤，出补外官。章宗时，王状元泽在翰林，会宋使进枇杷子，上索诗，泽奏："小臣不识枇杷子。"惟王庭筠诗成，上喜之。吕状元造，父子魁多士，及在翰林，上索重阳诗，造素不学诗，惶遽献诗云："佳节近重阳，微臣喜欲狂。"上大笑，旋令外补。故当时有云："泽民不识枇杷子，吕造能吟喜欲狂。"

兴定初，朝议县令最亲民，依常调数换多不得人，始诏内外七品以上官保举，仍升为正七品。资未及者，借注人。一时能吏如王庸登庸令洛阳、程震威卿令陈留，皆有治绩。或入为监察御史台部官，自是居官者争以能相尚，民亦多受赐。其后，往往自纳赂请托得之，故疲懦贪秽者亦多。然士大夫为之者犹自力，此良法也。

正大初，末帝锐于政，朝议置益政院官，院居宫中，选一时宿望有学者,如杨学士云翼、史修撰公奭、吕待制造数人兼之轮直。每日朝罢,侍上讲《尚书》、《贞观政要》数篇,间亦及民间事,颇有补益。杨公又与赵学士秉文采集自古治术,分门类,号《君臣政要》,为一编进之。此亦开讲学之渐也,然岁余亦罢。

士气不可不素养。如明昌、泰和间崇文养士,故一时士大夫争以敢言敢为相尚。迨大安中,北兵入境,往往以节死,如王晦、高子杓、梁询谊诸人皆有名。而侯挚、李瑛、田琢辈皆由下位自奋于兵间,虽功业不成,其志气有可嘉者。南渡后,宣宗奖用胥吏,抑士大夫,凡有敢为敢言者,多被斥逐。故一时在位者多委靡,惟求免罪,罔苟容。迨天兴之变,士大夫无一人死节者,岂非有以致之欤? 由是言之,士气不可不素养也。

南渡后,疆土狭隘,止河南、陕西,故仕进调官皆不得遽,入仕或守十余载,号重复累,往往归耕,或教小学养生。故当时有云:“古人谓:十年窗下无人问,一举成名天下知。今日一举成名天下知,十年窗下无人问也。”其后,有辟举法行,虽未入仕,亦得辟为令。故新进士多便得一邑治民,其省令史亦以次召补。故士人方免沉滞之叹云。

大臣尤当以至公至正黜陟百官,不可畏嫌避党为自保计。南渡为宰执者,多怯惧畏懦不敢有为,凡处一事,先恐人疑己。如宰执本进士,或士大夫得罪,知其无辜,不敢辨言,恐人疑其为党也。又或转加诘责,以示无私。或要职美官宁用他流,取媚于众。一登省府,遽忘本来用心,如此望其成功名、立节义难矣。然亦往往不能以富贵自终。向使以公正自持,未必以是得罪也。人之用智巧者竟何如哉!

宰相之职,佐人主治天下,所患耳目不广,不能周知民间苦乐、国势安危。故当忘私去智,取诸人以为善,以天下治天下。至于百官士流贤否,皆当如家人美恶,———辨其才,然后进退用舍合公望。办职业而为国者立法,使百官、宾客不得谒见于私第,何哉? 其意止以防其请托而徇私也。夫果察其人徇私不公,岂可使为宰相哉? 既以为宰相,是已以天下付之矣,诚不宜犹尔防闲也。唐裴晋公一日拜相,遽请于私第见百官、宾客,可谓远谋。而宪宗信之,卒平淮蔡。此其君臣遇合,故有此奇伟士成功名。使龊龊者为之,亦不敢请,而庸主亦不听也。余观南渡后为宰执者，自非亲戚故旧，往往不得登其门。若夫百官士流，未尝接议论，局局自保，惟恐失之。如此，望其所取用得人、闻见不塞者，未之有也。

士大夫为吏者，当以至公无心处之，事自理，民自服，不可委曲要誉以枉义也。余在南方时，见辟举为令者，往往妄用心。如富家与贫家讼，必直贫民；势家与百姓争，必直百姓；不问理何如也。又，或故旧同道之家有科征，必先督促不少贷，至加之刑罚。其意以为如此，示我无私，且贾细民称誉。嗟乎，贫富相争，自有曲直，彼贫民中亦有桀黠不逞者，富家中亦有循良懦弱者，乌可执一哉？故旧同道之家，义当假借，不然止以无心处之可也。至首加讯责，不亦伤乎？大抵此曹志于升进故尔。甚者榜于门云："无亲戚故旧"、"不见宾客"、"不接士人"。世岂有一为郡邑而遽无亲无旧者？尝记有一人为县令，禁其子不令出。其子犯禁，笞责之，其子赴井死。哀哉！不循中道，纵得升迁何荣也？

国所以设官取士，士所以居官，先以养其口体妻子，然后得专意王事，虽不可取于民奢纵害公，亦不必钓名要誉太俭陋也。余见河南为令者，有夜盖纸被，朝服弊衣以示廉，又令妻子辈汲爨，不使吏卒代者，其意皆欲闻上位，媚细民。然其听断、抚养之道殊不在是，能使其车骑仪从、屋宇、服用鲜整，而遇事风生，吏民称快，较之此曹，何自苦也？

南渡后，士风甚薄，一登仕籍，视布衣诸生遽为两途，至于征逐游从，辄相分别。故布衣有事，或数谒见在位者，在位者相报复甚希，甚者高居台阁，旧交不得见。故李长源愤其如此，尝曰："以区区一第傲天下士邪？"已第者闻之多怒，至逐长源出史院，又交讼于官。士风如此，可叹！

省吏，前朝止用胥吏，号"堂后官"。金朝大定初，张太师浩制皇制，祖免亲、宰执子试补外，杂用进士。凡登第历三任至县令，以次召补充，一考，三十月出得六品州倅。两考，六十月得五品节度副使、留守判官，或就选为知除知案。由之以渐，得都事、左右司员外郎、郎中，故仕进者以此途为捷径。如不为省令史，即循资级，得五品甚迟，故有"节察令推何日了,盐度户勾几时休"之语。浩初定制时,语人曰:"省庭天下仪表,如用胥吏,定行货赂混淆;用进士,清源也。且进士受赇,如良家女子犯奸也;胥吏公廉,如娼女守节也。"议者皆以为当,屏山尝为余言之。然省令史仪礼冠带,抱书进趋,与掾史不殊,有过,辄决杖。惜乎,以胥吏待天下士也。故士大夫有气概者往往不就,如雷翰林希颜、魏翰林邦彦、宋翰林飞卿及余先子,或召补不愿,或暂为遽告出,皆不能终其任也。李丈钦止为余言:"宋制,省曹有检正,皆士大夫。其堂吏主行移文字也。"且问余以宋制与金制孰优?余以为宋制善,钦止曰:"此议与吾合也。"

金朝用人,大概由省令史迁左右司郎中、员外郎、首领官取其簿书精干也。由左右首领官选宰相执政,取其奏对详敏也。其经济大略安在哉?此所以在位者多长于吏事也。

金朝兵制最弊,每有征伐或边衅,动下令签军,州县骚动。其民家有数丁男好身手,或时尽拣取无遗,号泣怨嗟,阖家以为苦。驱此辈战,欲其克胜,难哉。贞祐初,下令签军,会一时任子为监军者以春赴吏部调数,宰执使尽拣取,号"监官军",其人愤悒叫号,交诉于台省,又冲宰相卤簿,告丞相仆散七斤,大怒,趣左右取弓矢射去。已而,上知其不可用,免之。元光末,备潼关、黄河,又下令签军,诸使者历郡邑,自见居官者外,无文武小大职事官皆拣之。至许州,前户部郎中、侍御史刘元规,年几六十,亦中选,为千户。至陈州,余先子以前监察御史,亦为千户。自余不可胜言。既以立部曲,须依军例,以次相钤束,物议喧然。后亦罢之。嗟乎!以任子为兵已失体,况以朝士大夫充厮役乎?当是时,余以终场举人获免,而先子以御史不免,立法之弊以至于斯。余赴试开封,先子以诗送之,且寄赵闲闲、雷希颜,有云:"老作一兵吾命也,芳联七桂汝身之。厚禄故人如见问,为言尘土困王尼。"二公览之,为一笑。

金朝近习之权甚重,置近侍局于宫中,职虽五品,其要密与宰相等,如旧日中书,故多以贵戚、世家、恩幸者居其职,士大夫不预焉。南渡后,人主尤委任,大抵视宰执台部官皆若外人,而所谓"心腹"则此局也。其局官以下,所谓奉御、奉职辈,本以传诏旨、供使令,而人主委信，反在士大夫右。故大臣要官往往曲意奉承，或被命出外，帅臣郡守百计馆馈，盖以其亲近易得言也。然此曹皆膏粱子弟，惟以妆饰体样相夸，膏面镊须，鞍马、衣服鲜整，朝夕侍上，迎合谄媚。以逸乐导人主安其身，又沮坏正人招贿赂为不法。至于大臣退黜，百官得罪，多自局中，御史之权反在其下矣。其后，欲收外望，颇杂用士人。完颜伯阳居之不岁余亦罢。又于台部令史选奉职数人，又于进士中亦选一二人充备。其人既入局中，则趋进举止，曾亦未闻有正言补益者。且此曹本仆役之职，士大夫处之可羞，而一二子泰然自以为荣，亦陋也。

宣宗尝责丞相仆散七斤："近来朝廷纪纲安在？"七斤不能对，退谓郎官曰："上问纪纲安在，汝等自来，何尝使纪纲见我？"

卷八

金朝取士,止以词赋为重,故士人往往不暇读书为他文。一云"不暇习为他文"。尝闻先进故老见子弟辈读苏、黄诗,辄怒斥,故学者止工于律、赋,问之他文,则懵然不知。间有登第后始读书为文者,诸名士是也。南渡以来,士人多为古学,以著文作诗相高。然旧日专为科举之学者疾之为仇雠,若分为两途,互相诋讥。其作诗文者目举子为科举之学,为科举之学者指文士为任子弟,笑其不工科举。殊不知国家初设科举,用四篇文字,本取全才。盖赋以择制诰之才;诗以取风骚之旨;策以究经济之业;论以考识鉴之方。四者俱工,其人材为何如也?而学者不知,狃于习俗,止力为律、赋,至于诗、策、论,俱不留心,其弊基于为有司者止考赋,而不究诗、策、论也。吾尝记故老云:"泰和间,有司考诗赋已定去取。及读策论,则止用笔点庙讳、御名,且数字数与涂注之多寡。"有司如此,欲举子辈专精难矣。南渡后,赵、杨诸公为有司,方于策论中取人,故士风稍变,颇加意策论。又于诗赋中亦辨别读书人才,以是文风稍振;然亦谤议纷纭。然每贡举,非数公为有司,则又如旧矣。

金朝以律、赋著名者,曰孟宗献友之、赵枢子克。其主文有藻鉴多得人者,曰张景仁御史、郑子聃侍读。故一时为之语曰:"主司非张、郑,秀才非赵、孟。"律、赋,至今学者法之。然其源出于吾高祖南山翁。故老云:孟晚进,初不识翁。因少年下第,发愤,辟一室,取翁赋,翦其八韵,类之帖壁间,坐卧讽咏深思,已而尽得其法,下笔造微妙。再试,魁于乡、于府、于省、于御前,天下号"孟四元",迄今学者以吾祖孟师也。孟虽仕,不甚贵。作诗词有可称,自号虚静居士。颇恬淡,留意养生术。尝著《金丹赋》行于世,其诗词亦有集。

余高祖南山翁,金国初,辟进士举,词赋状元也,故为一代词学宗。雅好成就后进,见其文,辄能断其后中第否。当时名士大夫多出门下,学者至今皆师尊之。四子:长西岩、次龙泉,同年擢第;二女,长姑及笄，将适人，一时贵显者争求之，翁皆不许。张御史景仁时在布衣，以所业诣翁，翁嘉之。俄翁为有司取士，张赋甚佳，为邻坐者剽之，尽坐同而黜。已而翁知其然，遽以长姑嫁焉。家人辈皆愠，翁不恤也。后三年，翁复为有司，御试，张擢别试魁，骤历清华，以文章擅当世，位至翰林学士、河南尹、御史大夫。尝使宋，有风节，赫然为名臣，世皆以翁有知人之鉴也。后，翁墓表，张所作，具载其事云。次姑适襄阴王元节，亦名进士。能诗，博学，尝为密州节度判官。迄今士大夫嫁女多谈翁之事也。

金朝士大夫以政事最著名者曰王翛然。尝同知咸平府，摄府事。时辽东路多世袭猛安、谋克居焉，其人皆女直功臣子，骜亢奢纵不法。公思有以治之，会郡民负一世袭猛安者钱，贫不能偿。猛安者大怒，率家僮辈强入其家，牵其牛以去，民因讼于官。公得其情，令一吏呼猛安者。其猛安者盛陈骑从以来，公朝服，召至听事前，诘其事，趋左右械系之，乃以强盗论，杖杀于市。一路悚然。后知大兴府，素察僧徒多游贵戚家作过，乃下令，午后僧不得出寺，街中不得见一僧。有一长老犯禁，公械之。长老者素为贵戚所重，皇姑某国公主使人诣公请焉，公曰："奉主命，即令出。"立召僧，杖一百，死。自是京辇肃清，人莫敢犯。世宗深见知，故公得行其志也。公为人恬淡简静，颇留意养生。每食必以时，过午则不食也。临终斋沐而逝，于死生了然。其为吏之名，至今人云过宋包拯远甚。其子渐，为吏亦有能称，为中都警巡使。

孙左丞铎振之，章宗时名臣。为人正直敢言，有学问文采，一时相望甚切。俄诏下，同辈皆相执政，公再授户部尚书。公意不惬，因于户部厅事壁间书唐人诗云："南邻北舍牡丹开，年少寻芳去未回。惟有君家老柏树，春风来似不曾来。"有人奏之，坐贬鄜州防御使。再召入朝，未几，执政。南渡，为太子太师。后致仕，以寿终。

贞祐南征，获一统制官李伸之者，帅府经历官刘逵卿辈召而饭之，且诱以降。将宥焉，伸之献诗曰："一饭感恩无地报，此心许国已天知。胸中千古蟠钟阜，一死鸿毛断不移。"竟就死。又云："拟把孤忠报主知，主知未报已身疲。明朝定作长淮鬼，马革应烦为裹尸。"又云："区区犹上和亲策，安得元戎一点头。"

先翰林尝谈国初宇文太学叔通主文盟时，吴深州彦高视宇文为后进，宇文止呼为小吴。因会饮，酒间有一妇人，宋宗室子，流落。诸公感叹，皆作乐章一阕。宇文作《念奴娇》，有"宗室家姬，陈王幼女，曾嫁钦慈族。干戈浩荡，事随天地翻覆"之语。次及彦高，作《人月圆》词云："南朝千古伤心事，犹唱《后庭花》。旧时王谢、堂前燕子，飞向谁家？偶然相见，仙肌胜雪，云鬟堆鸦。江州司马，青衫泪湿，同是天涯。"宇文览之大惊，自是，人乞词，辄曰："当诣彦高也。"彦高词集篇数虽不多，皆精微尽善，虽多用前人诗句，其剪裁点缀若天成，真奇作也。先人尝云："诗不宜用前人语。若夫乐章，则剪截古人语亦无害，但要能使用尔。"如彦高《人月圆》，半是古人句，其思致含蓄其远，不露圭角，不尤胜于宇文自作者哉！

党承旨怀英，辛尚书弃疾，俱山东人，少同舍属。金国初遭乱，俱在兵间。辛一旦率数千骑南渡，显于宋；党在北方，擢第，入翰林，有名，为一时文字宗主。二公虽所趋不同，皆有功业，宠荣视前朝李縠、韩熙载亦相况也。后辛退闲，有词《鹧鸪天》云："壮岁旌旗拥万夫，锦襜突骑渡江初。燕兵夜娖银胡䩮，汉箭朝飞金仆姑。思往事，叹今吾，春风不染白髭须。都将万字平戎策，换得东郊种树书。"盖纪其少时事也。

高丞相岩夫在相位，因元光二年元日庆七十，会乡里交旧，且求作诗文，时先子以新罢御史，避嫌不赴。余方弱冠，为作诗，以公颇负谤，且劝其退休也。公得诗大喜，趣召余，迎谓余曰："解道青云自致不须阶邪？"又抚余背曰："汝'费'字如何下来？"盖余诗云："青云自致不须阶，十稔从容位上台。负荷一堂森柱石，调和众口费盐梅。勤劳密迩三朝重，寿考康宁七秩开。家道益昌孙有息，彩衣扶杖好归来。"雷希颜为作序，亦有"乘天眷未衰，可以引去"之语。后余将归淮阳，复献书劝其举一人自代，可得致政归。然公竟薨于位，不能从也。

明昌、承安间，作诗者尚尖新，故张鬴仲扬由布衣有名，召用。其诗大抵皆浮艳语，如："矮窗小户寒不到，一炉香火四围书。"又"西风了却黄花事，不管安仁两须秋"。人号"张了却"。刘少宣尝题其诗集后云："枫落吴江真好句，不须多示郑参军。"盖讥之也。南渡后，文风一变，文多学奇古，诗多学风雅，由赵闲闲、李屏山倡之。屏山幼无师传，为文下笔便喜左氏、庄周，故能一扫辽、宋余习。而雷希颜、宋飞卿诸人皆作古文，故复往往相法效，不作浅弱语。赵闲闲晚年诗多法唐人李、杜诸公，然未尝语于人。已而，麻知几、李长源、元裕之辈鼎出，故后进作诗者争以唐人为法也。

赵闲闲尝言："律诗最难工，须要工巧周圆。吾闻竹溪党公论，以为'五十六字皆如圣贤，中有一字不经炉锤，便若一屠沽子厕其间也'。"又云："八句皆要警拔极难。一篇中须要一联好句为主，后但以意收拾之，足为好诗矣。"又尝与余论诗曰："《选》诗曰：'南登灞陵岸，回首望长安。''朔风动秋草，边马有归心。''明月照高楼，流光正徘徊。'此其含蓄意几何？"又曰："小诗贵风骚，今人往往止作硬语，非也。"

赵闲闲少尝寄黄华诗，黄华称之，曰："姓王氏非作千首，其工夫不至是也。"其诗至今为人传诵，且赵以此诗初得名。诗云："寄语雪溪王处士，年来多病复何如？浮云世态纷纷变，秋草人情日日疏。李白一杯人影月，郑虔三绝画诗书。情知不得文章力，乞与黄华作隐居。"

赵闲闲尝为余言，少初识尹无忌，问："久闻先生作诗不喜苏、黄，何如？"无忌曰："学苏、黄则卑猥也。"其诗一以李、杜为法，五言尤工。闲闲尝称其《游同乐园》诗云："晴日明华构，繁阴荡绿波。蓬邱沧海远，春色上林多。流水时虽逝，迁莺暖自歌。可怜欢乐极，钲鼓散云和。"又有佳句："行云春郭暗，归鸟暮天苍。野色明残照，江声入暮云。"甚似少陵。闲闲又称赵黄山诗云："灯暗风翻幔，蛩吟叶拥墙。人如秋已老，愁与夜俱长。滴尽阶前雨，催成镜里霜。黄花依旧好，多病不能觞。"此诗信佳作也。又黄山尝与予黄山道中作诗，有云："好景落谁诗句里？蹇驴驮我画图间。"世号"赵蹇驴"。余先子翰林，尝谈章宗春水放海青，时黄山在翰苑，扈从，既得鹅，索诗，黄山立进之，其诗云："驾鹅得暖下陂塘，探骑星驰入建章。黄伞轻阴随凤辇，绿衣小队出鹰坊。搏风玉爪凌霄汉，瞥日风毛堕雪霜。共喜园陵得新荐，侍臣齐捧万年觞。"章宗览之，称其工，且曰："此诗非宿构不能至此。"

赵闲闲平日字画工夫最深，诗其次，又其次散文也。尝语余曰："今日后进中作文者颇有三二人，至吟诗者绝少，字画亦无也。"以是知公所长。然议论经学，许王从之，散文许李之纯、雷希颜，诗颇许麻知几、元裕之，字画颇许麻知几、冯叔献也。又尝教余学书，先法张旭《石柱记》，每曰："汝辈幸有天资，止不肯学古人一点一画写也。"

李屏山雅喜奖拔后进，每得一人诗文有可称，必延誉于人，然颇轻许可。故赵闲闲尝云："被之纯坏却后进，只奖誉，教为狂。"后雷希颜亦颇接引士流，赵云："雷希颜又如此。"然屏山在世，一时才士皆趋向之。至于赵所成立者甚少。惟主贡举时，得李钦叔献能，后尝以文章荐麻知几九畴入仕，至今士论止归屏山也。

李屏山教后学为文，欲自成一家，每曰："当别转一路，勿随人脚跟。"故多喜奇怪，然其文亦不出庄、左、柳、苏，诗不出卢仝、李贺。晚甚爱杨万里诗，曰："活泼剌底，人难及也。"赵闲闲教后进为诗文则曰："文章不可执一体，有时奇古，有时平淡，何拘？"李尝与余论赵文曰："才甚高，气象甚雄，然不免有失支堕节处，盖学东坡而不成者。"赵亦语余曰："之纯文字止一体，诗只一句去也。"又赵诗多犯古人语，一篇或有数句，此亦文章病。屏山尝序其《闲闲集》云："公诗往往有李太白、白乐天语，某辄能识之。"又云："公谓男子不食人唾，后当与之纯、天英作真文字。"亦阴讥云。

赵闲闲论文曰："文字无太硬。之纯文字最硬，可伤！"王翰林从之则曰："文字无软者，惟其是也。"余尝以质诸先人，先人以赵论为是。

兴定、元光间，余在南京，从赵闲闲、李屏山、工从之、雷希颜诸公游，多论为文作诗。赵于诗最细，贵含蓄工夫；于文颇粗，止论气象大概。李于文甚细，说关键宾主抑扬；于诗颇粗，止论词气才巧。故余于赵则取其作诗法，于李则取其为文法。若王，则贵议论文字有体致，不喜出奇，下字止欲如家人语言，尤以助辞为尚。与屏山之纯学大不同。尝曰："之纯虽才高，好作险句怪语，无意味。"亦不喜司马迁

《史记》，云："失支堕节多。""韩退之《原道》，如此好文字，末曰'人其人、火其书'，太下字。柳子厚'肥皮厚肉'、'柔筋脆骨'之类，此何等语？千古以来，惟推东坡为第一。"又多发古名篇中疵病：渊明《归去来辞》，前想象后直述，不相侔。伯伦《酒德颂》有大人先生，是寓言；后"闻吾风声"，"吾"当作"其"。退之《盘谷序》，前云"友人"，后云"昌黎韩愈"，似不相识。永叔《苏子美墓志》"争为人所传"，既用"争"字，当曰"人争传之"，不然，曰"为人所传"，不须"争"字。子瞻《超然台记》"物有以蔽之矣"，"矣"字不安。此类甚多，不可胜纪。雷则论文尚简古，全法退之。诗亦喜韩，兼好黄鲁直新巧。每作诗文，好与朋友相商订，有不安，相告立改之。此亦人所难也。

正大中，王翰林从之在史院领史事，雷翰林希颜为应奉兼编修官，同修《宣宗实录》。二公由文体不同，多纷争，盖王平日好平淡纪实，雷尚奇峭造语也。王则云："实录止文其当时事，贵不失真。若是作史，则又异也。"雷则云："作文字无句法，委靡不振，不足观。"故雷所作，王多改革。雷大愤不平，语人曰："请将吾二人所作，令天下文士定其是非。"王亦不屑，王尝曰："希颜作文，好用恶硬字，何以为奇？"雷亦曰："从之持论甚高，文章亦难止以经义科举法绳之也。"

雷翰林希颜为人作碑志，虽称其德善，其疵短亦互见之。尝曰："文章止是褒与贬。"初，作《屏山墓志》，数处有微言。刘光甫读之不能平，与宋飞卿交劝令削去。及刻石，犹存"浮湛于酒，其性厌怠，有不屑为"之言。余谓碑志本以章其人之善，虽不可溢美有愧辞，然当实录其善事，使传信后世。若疵短则不当书也，况非作史传，何必贬焉？且其子孙览之，岂得自安也？

赵闲闲作《南城访道图》，诸公皆有诗。尝有一齐希谦者题云："亿劫梦中夸识解，一生纸上作风波。到今不肯抽头去，毕竟南城有甚么？"人颇传之。

赵闲闲以文学名一世，于吏事非所长。兴定初，尤虎高琪为相，恶士大夫，有罪辄以军储论加棰杖，在位者往往被其苦。俄命赵公摄南京转运司，未几，果坐误粮草事，当杖。既奏，宣宗曰："学士岂当棰邪？"高琪曰："不然无以戒后。"遂杖四十，公大愤焉。其后，高琪诛，诏适公当笔,首曰:"君臣分严,无将之罪莫大;夫妇义重,不睦之刑何逃?曾是一身,兼此二恶。"人谓赵公之仇雪矣。

正大初,赵闲闲长翰苑,同陈正叔、潘仲明、雷希颜、元裕之诸人作诗会,尝赋《野菊》,赵有云:"冈断秋光隔,河明月影交。荒丛号蟋蟀,病叶挂蟏蛸。欲访陶彭泽,柴门何处敲?"诸公称其破的也。又分咏《古瓶蜡梅》,赵云:"莟华吐碧龙文涩,烛泪痕疏雁字横。"后云:"娇黄唤起昭阳梦,汉苑凄凉草棘生。"句甚工。潘有云:"命薄从教官独冷,眼明犹喜迹双清。"语亦老也。后分《忆橙》、《射虎》,题甚多。最后《咏道学》,雷云:"青天白日理分明",亦为题所窘也。闲闲同馆阁诸公,九日登极目亭,俱有诗。赵云:"魏国河山残照在,梁王楼殿野花开。鸥从白水明边没,雁向青天尽处回。未必龙山如此会,座中三馆尽英才。"雷希颜云:"千古雄豪几人在?百年怀抱此时开。"李钦止云:"连朝倥偬簿书堆,辜负黄花酒一杯。"

凡作诗,和韵为难。古人赠答皆以不拘韵字。迨宋苏、黄,凡唱和,须用元韵,往返数回以出奇。余先子颇留意。故每与人唱和,韵益狭,语益工,人多称之。尝与雷希颜、元裕之论诗,元云:"和韵非古,要为勉强。"先子云:"如能以彼韵就我意,何如?亦一奇也。"尝在史院与屏山诸公唱和李唐卿《海藏斋诗》"舟"字韵,往返十余首。先子有云:"绣坼旧图翻短褐,朱书小字记归舟。"屏山大称其工用事也。后居淮阳,与刘少宣唱和"村"字韵,亦往返数十首。最后论诗,有云:"杨刘变体号西昆,窃笑登坛子美村。大抵俗儒无正眼,惟应后世有公言。光生杜曲今千丈,派出江西本一源。此道陵迟嗟久矣,不才安敢擅专门。"又:"乐府虚传山抹云,诗名浪得柳连村。九原太白有生气,千古少陵无闲言。登泰山巅小天下,到昆仑口知河源。如君少进可入室,顾我今衰不及门。"少宣以为全不觉用他人韵也。

联句亦诗中难事。盖座中立书,不暇深思也。南京龙德宫赵闲闲、李屏山、王正之联句,王云:"棘猴未穷巧,穴蚁已失王。"人多称之。余先子亦留意。主长葛簿时,与屏山、张仲杰会饮,坐中有定磁酒瓯,因为联句,先子首唱曰:"定州花磁瓯,颜色天下白。"诸公称之。屏山则曰:"轻浮妄玻璃,顽钝奴琥珀。"张则曰:"器质至坚脆,肤理还悦泽。"后居淮阳，冀京父来过，雪夜联句，先子有云："帘疏见飞霰，窗静闻落屑。"又李钦叔来过，李子迁在座，会合联句，先子首唱曰："玉立两谪仙，鼎峙三敌国。"又云："三强出奇兵，八战乃八克。一老怯大敌，三战即三北。"后自大梁归陈，与祁联句，先子首云："红抛汴梁尘，绿吸淮阳酒。"后令叶县，中秋夜，与郝坊州仲纯、王飞伯辈联句，具载《蓬门集》中。

卷九

余先子翰林令叶时，同郝坊州仲纯赋《昆阳怀古》诗，诸公多继作。先子有云："营屯滍水横陈处，计堕刘郎小怯中。天上雷风扫妖气，人间虎豹畏真龙。千秋一片昆溪月，曾照堂堂盖世雄。"郝云："战骨至今埋滍水，暮云何处是舂陵？"李长源云："颍川南下郁坡陁，遐想当年战垒多。自是真人清宇宙，谁为竖子试干戈？"元裕之云："英威未觉消沈尽，试向舂陵望郁葱。"王飞伯云："落日一川英气在，西风万叶战声来。"后云："谁倚城楼吊兴废，一声长笛暮云开。"史学优、李钦叔、白文举皆有诗，余亦作一古诗也。

古人多有偶得佳句而不能立题者，如山谷云："清鉴风流归贺八，飞扬跋扈付朱三。"未知可以赠谁。又云："人得交游是风月，天开图画即江山。"亦无全篇。余先子尝有句云："推愁不去若移石，呼酒不来如望霓。"又"半生窃禄鱼贪饵，四海无家鸟择栖"。又"未解作诗如见画，常忧读赋错呼霓"。

梦中作诗，或得句，多清迈出尘。余先祖龙山君尝梦得句云："山路崭有壁，松风清无尘。"先子梦中诗云："落月浸天池。"余幼年梦中亦作诗云："玄猿哭处江天暮，白雁来时泽国秋。"如鬼语也。

先翰林罢御史，闲居淮阳，种五竹堂后自娱，作诗云："拨土移根卜日辰，森森便有气凌云。真成阙里二三子，大胜樊川十万军。影浸凉蟾窗上见，声敲寒雨枕边闻。林间故事传西晋，不数山王咏五君。"以寄赵闲闲。会闲闲亦于闲闲堂后种竹甚多，一日，礼部诏余曰："昨夕欲和丈种竹诗，牵于韵，自作一篇，答其意可也。"因出其诗云："君家种竹五七个，我亦近栽三四竿。两地平分风月破，大家留待雪霜看。土膏生意叶犹卷，客枕梦魂声已寒。见此又思君子面，何时相对倚阑干？"先子复和其韵云："我家陈郡子梁园，不约同栽竹数竿。清入梦魂千里共，笑开诗眼几回看。幽姿淡不追时好，苦节相期保岁寒。八座文昌天咫尺，得如闲容倚阑干。"又李瀚公渡因游围城，会云中一僧，曰德超，谈及乡里名家刘、雷事，公渡留诗云："邂逅云中老阿师，里人许我话刘雷。略谈近日诸孙事，颇觉衰怀一笑开。众道髯参宜帅幕，谓希颜。人怜短簿去霜台。谓先子。围城香火西庵地，尝记秋高雨后来。"后先子过围见之，和其韵云："上林春晚数归期，辂辘车声疾转雷。翠幄护田桑叶密，绿云夹路麦花开。偶因假馆留萧寺，试问游方指厄台。陈郡。白首衲僧同里闬，亦知吾祖有云来。"余以示闲闲。闲闲亦和其韵，寄先子云："屏山殁后使人悲，此外交亲我与雷。千里老怀何日写？一生笑口几回开？心知契阔留陈土，时复登临上吹台。目极天低雁回处，西风忽送好诗来。"先子复和云："两地相望云与泥，敢期胶漆嗣陈雷。遥怜晓镜霜须满，但对故人青眼开。且趁梅芳醉梁苑，莫因雁过问燕台。上林花柳惊春晚，蓬勃西风卷土来。"

正大初，先君由叶令召入翰林，诸公皆集余家，时春旱有雨，诸公喜而共赋诗，以"好雨知时节，当春乃发生"为韵。赵闲闲得"发"字，其诗云："君家南山有衣钵，丛桂馨香老蟾窟。从来青紫半门生，今日儿孙床满笏。迩来云卿复秀出，论事观书眼如月。岂惟传家秉赐彪，亦复生儿动剧勃。往时曾乘御史骢，未害霜蹄聊一蹶。双凫古邑试牛刀，百里政声传马卒。今年视草直金銮，云章妙手看挥发。老夫当避一头地，有惭老骥追霜鹘。座中三馆尽豪英，健笔纵横建安骨。已知良会得四并，更许深杯辞百罚。我虽不饮愿助勇，政要青灯照华发。但令风雨破天悭，未厌归途洗靴袜。"先君得"好"字，因用解嘲，其诗云："春寒桑未稠，岁旱麦将槁。此时得一雨，奚翅万金宝。吾宾适在席，喜气溢襟抱。酒行不计觥，花底玉山倒。从来悭混嘲，盖为俗子道。北海得开尊，天气岂常好？况当生发辰，沾足恨不早。东风又吹檐滴干，主人不悭天自悭。"是日，诸公极欢，皆沾醉而归。后月余，先君以疾不起，赵以"天悭"为诗谶云。

元裕之、李长源同乡里，各有诗名。由其不相下，颇不相咸。李好愤怒，元尝云："长源有愤击经。"元好滑稽，李辄以诗讥骂，元亦无如之何。元尝权国史院编修官，时末帝召故驸马都尉仆散阿海女子入宫，俄以人言其罪，又蒙放出。元因赋《金谷怨》乐府诗，李见之，作《代金谷佳人答》一篇以拒焉，一时士人传以为笑谈。元诗云："娃儿十八娇可怜，亭亭袅袅春风前。天上仙人玉为骨，人间画工画不出。小小油壁车，轧轧出东华。绣带盘绫结，云裙蹴雁沙。娇云一片不成雨，被风吹去落谁家？岂无年少恩泽侯，锦鞲貂帽亦风流。不然典取鹔鹴裘，四壁相如堪白头。金谷楼台杳无主，燕子不飞花著雨。只知环珮作离声，谁解琵琶得私语？有情蜂雄蛱蝶雌，无情鸡欺翡翠儿。劝君满饮金曲卮，明日无花空折枝。"李诗云："石家园林洛水滨，粉垣碧瓦迷天津。楼台参差映金谷，歌舞日日娇青春。是时天下甲兵息，江南已传归命臣。永平以来太康治，四海一家无穷人。洛阳城中厌醅醿，司隶夜过不敢嗔。王门戚里争豪侈，车马如水争红尘。烧金斫玉延上客，季伦岂输赵王伦？两家炎炎贵相轧，笙竽嘈嘈妓成列。珊瑚红树鞭击碎，步障青丝马踏裂。因缘睚眦贵人怒，诏下黄门促收捕。邮夫防吏急喧驱，河南牒系御史府。钟鸣漏尽行不休，生存华屋归山丘。绿珠香魂涴尘土，侍儿忍居楼上头。君王慈明宥率土，妾身窜名籍民伍。平生作得健儿妇，狗走鸡飞岂敢恶？"元和其诗，先子称工。

麻征君知几在南州，见时事扰攘，其催科督赋如毛，百姓不安，尝《题雨中行人扇图》诗云："幸自山东无税赋，何须雨里太仓黄？寻思此个人间世，画出人来也着忙。"虽一时戏语，也有味。知几若见今日事，又作何语邪？又《戏题太公钓鱼图》云："向使文王不猎贤，一竿潦倒渭河边。当时若早随时世，直吃羊羔八十年。"亦中时病也。又有《道人》云："太公寿命八十余，文王一见便同车。而今若有蟠溪客，也被官中要纳鱼。"虽俚语，可以想见时世也。

王翰林从之尝论黄鲁直诗穿凿、太好异，云："'能令汉家重九鼎，桐江波上一丝风。'若道汉家二百年自严陵钓竿上来且道得，然关风甚事？"又云："《猩猩毛笔》'平生几两屐，身后五车书'。此两事如何合得？且一猩猩毛笔安能写五车书邪？"余尝以语雷丈希颜，曰："不然，一猩猩之毛如何只作笔一管？"后以语先子，先子大笑云。

金朝律赋之弊不可言。大定间，诸公所作气质浑厚，学问深博，犹可观。其后，张承旨行简知贡举，惟以格律痛绳之，洗垢求瘢苛甚，其一时士子趋学，模题画影，至不成语言，以是有"甘泉"、"甜水"之谕,文风浸衰。故士林相传,但君题小赋,必曰"国欲图治,君当灼知"。隔句贴多用"可得而知"四字,故文人见一举子,必指曰:"又一可得而知者。"有人云:"闻一老师令席生作《汉高祖斩白蛇赋》,席生小赋破题云:'蛇不难斩,君当灼知。'师改曰:'不然,不若国欲图治,君当斩蛇。'又令作《鸿雁来宾赋》曰:'秋既云至,雁当灼知'。"此可以轩渠也。

许州有苏嗣之者,云东坡后裔,盖子由久居颍川,有族不南渡者也。其人颇蠢骏,富于财,以资入官,交结权要、短衣,女直中士大夫多以为笑。以其肥硕也,呼为"苏胖"。余尝与雷希颜谈及之,雷曰:"颇闻夜僵水牛之说乎?"余对"不知也"。雷曰:"昔东坡生,一夕眉山草木尽死。今苏胖生,一夕郑村水牛尽死也。"此可大笑。

赵翰林周臣为学士,杨之美为礼部尚书,二公相得甚欢。盖杨虽视赵进稍后,且齿少,赵以其学问、政事过人,雅重之,而杨事赵亦谨。正大初,朝廷以夏国为北兵所废,将立新主,以赵公年德俱高,且中朝名士,遂命入使册之。既行,馆阁诸公以为赵公此行必厚获,盖赵素清贫也。至界上,朝议罢其事,飞驿卒遣追回。当驿卒之行也,杨公在礼部,召至,授以一卷书,封印甚谨,谕以直至学士面前开拆。卒既至赵所,先授以省符,次白有礼部实封。赵公疑讶,不知为何事。启之,乃杨公诗一首也。其诗云:"中朝人物翰林才,金节煌煌使夏台。马上逢人唾珠玉,笔头到处洒琼瑰。三封书贷扬州命,半夜碑轰荐福雷。自古书生多薄命,满头风雪却回来。"赵公抚掌大笑。后朝野喧传,以为笑谈。

张特立文举,东明人。少擢第,有能声。调莱州节度判官,不赴。居杞之圉城,躬耕田野,以经学自乐。正大初,侯左丞挚荐诸朝,为洛阳令,称治,召拜监察御史,奉法无所私。因劾省掾高桢辈受请托、饮娼家,坐不实得罪。盖初劾时,尝以草示应奉王鹗伯翼,共议之。王乃其门生也。事既行,高桢辈讼之。当时同席并有省掾王宾德卿,张以其进士也,故不劾。于是,朝省疑其私,并治文举、德卿。文举左迁邠州军事判官,杖五十,宾亦勒停。士论皆惜文举之去,宾因作诗有云:"王鹗既曾经手改,高桢自是著心攀。就中最苦张文举,收拾闲云返故山。"时人传以为笑。

高丞相岩夫,自南渡执政,在中书十余年,无正言直谏闻于外,清论鄙之。公性勤慎密,以此为人主见知。每朝,入待漏院,必先百官至。有人云:"丞相方秉烛至院中,忽一朝士朝服立于前,公不识之,问曰:'卿为谁?'其人曰:'我欧阳修也。''尔为谁?'公曰:'吾丞相也,卿不识邪?'其人曰:'修不识丞相,丞相亦不识修。'"朝野相传以为笑。又为三司使时,主行钞法。及出支军粮,颇靳惜,且折支他物,军民号"不支"。及薨,人又云:"丞相死,既焚,其声犹不支也。"嗟乎,士大夫得志可不慎欤? 一有失众心,其讥诮如此,可畏也夫!

王翰林从之貌严重若不可亲,然喜于狎笑,酒间风味不浅。崔翰林伯善性俭啬,家居止蔬食为常。故院中为之语曰:"崔伯善有肉不餐,王从之无花不饮。崔伯善有肉不餐,却图个甚? 王从之无花不饮,谁惯了你来?"又云:"崔伯善有肉不餐,要餐也没;王从之无花不饮,不饮即休。"

李屏山在燕都时,与雷希颜、张伯玉诸公宴游,李嗜酒,雷善饮啖,因相戏言:"之纯爱酒如蝇,希颜见肉如鹰,伯玉好色如僧。"遂相与大笑。

李长源虽才高,然不通世事,傲岸多怒,交游多畏之。李钦叔尝云:"长源上颇通天文,下粗知地理,中间全不晓人事也。"或者传为本谓王飞伯。正大中,长源遇余淮阳,因谈及飞伯,余举钦叔言,长源大笑曰:"此政谓我也。"

李屏山视赵闲闲为丈人行,盖屏山父与赵公同年进士也。然赵以其才,友之忘年。屏山每见赵致礼,或呼以老叔,然于文字间未尝假借;或因醉嫚骂,虽愠亦无如之何。其往刺宁夏,尝以诗送,有云:"百钱一匹绢,留作寒儒裈。"讥其多为人写字也。又云:"一婢丑如鬼,老脚不作温。"讥其侍妾也。又《送王从之南归》有云:"今日始服君,似君良独难。惜花不惜金,爱睡不爱官。"亦一时戏之也。

赵闲闲本好书,以其名重也,人多求之,公甚以为苦。尝于礼部厅壁上榜云:"当职系三品官,为人书扇面失体,请诸人知。"既致仕,于宅门首书曰:"老汉不写字。"然燕居无客未尝不钞书,相识辈强请亦不能拒。若夫其心所不喜者，虽恳求竟不得也。雷希颜得其书最多，凡有求，未尝拒。盖公颇惮雷，且雷善求其书。时或邀公食后，出古人墨迹使观之，又出佳研、精纸、名墨在前；或饮以一二杯，待公有书兴，引纸落笔，俄顷数幅。雷旁观辄称叹，凡一点一画，必曰："此颜平原也。""此米元章也。"公既喜，遂书不倦。又雷与屏山皆不工书，赵公尝笑之曰："希颜堂堂如此，而写如此字。"一日，在礼部，适公为王从之书，末云："某月日为从之天下士书，畤雷在侧，笑其不工也。"阖坐大噱。又一日，雷得郭恕先篆数幅，甚珍之，以示赵公。公亦喜，雷因求跋尾，公跋云："恕先篆不减唐人，然迄宋百余年不经诸名士发扬。"此一反雷希颜而趣售之。其鉴裁如此。然其书不减李屏山，此一反。后数日，公婿张履求书，余亦在座，公跋其尾云："年月日，微雨中为张情书，雷希颜欲以恕先篆相易。"雷愕然，公徐曰："刘京叔不可，乃止。"因相与大笑。又王武叔出馆补外，未赴，甚贫，会五月麦熟，将出京求济于交友辈，持素纨扇数十，诣公求书，公拒之。武叔素嗜酒不检，既出公门，大叫呼公，公闻而遽召，为书之。然每一扇头但书古诗一联，有曰"黄花入麦稀"者，有曰"麦天晨气润"者，有曰"麦陇风来饼饵香"者，盖嘲王求麦也。然王竟以其书多所获。又一日，公在礼部，白枢判文举诸人邀公饮丹阳观。公将往，先谓诸人曰："吾今往，但不写字耳。如求字者，是吾儿。"文举曰："先生年德俱高，某等真儿行也。"公笑，又为书之。

附录：赵秉文　和拟韦苏州

按，闲闲以书名世，其真迹流传绝少。予藏有草书诗稿一卷，附录以永其传。

金源闲闲老人真迹

和 拟 韦 苏 州

西　涧

西荒行径草丛生，树隔前溪一犊鸣。步寻幽涧疑无路。忽有人家略彴横。

和 烟 寺 钟

近壑敛暝色，远山犹夕晖。声从烟际起，复向烟中微。随风散林野，渡头人未归。

和西塞山龙门

双阙耸岩峣，神斧忽中断。一水从中来，千龛道傍满。

和 山 耕 叟

步逐麋鹿迹，讵知朝市情。负薪南涧曲，榛棘雨中行。呼儿问牛饱，又向山田耕。

和 上 方 僧

石润云生衲，崖倾月照禅。晒衣横竹锡，洗钵落岩泉。但见山花发，幽居不记年。

拟 咏 夜

明从暗中去，暗从明际来。流光不相待，暗尽玉炉灰。

拟 咏 声

万籁静中起，犹是生灭因。隐几以眼听，非根亦非尘。

和寄全椒道士

新移白阁峰，远访中条客。结茅授经台，共坐云间石。松龛读《易》朝，月窗谈道夕。从此到终身，区中了无迹。

和 游 溪

青溪雾气散，水涵天影空。白云翻著底，移舟明镜中。鸟近前滩日，花移别岸风。遥知夜来雨，山色翠如葱。

和秋斋独宿

冷晕侵残烛，雨声在深竹。惊鸟时一鸣，寒枝不成宿。

和听嘉陵江水声代深师答

惊湍泻石崖，百步无人迹。爱此静中喧，聊布安禅席。水无激石意，云何转雷声？仁者自生听，达士了不惊。心空境自寂，澹然两无情。

和演师西斋

不见竹间僧，但闻花外磬。敲槛出鱼游，巢檐知鸟性。云蒸坐禅石，露湿行道径。夜寂一灯残，山月来破暝。

和游开元精舍

松轩风扫净，终日闭门居。犬卧青苔地，鸟衔红柿初。瓶残夜禅起，经润雨翻余。自是少人迹，非关往来疏。

和答山中道士

行转青溪又别峰，马蹄终日认樵踪。翠微深处无人住，寺在深山何处钟。

西　楼

十去龙沙雁，年年九不归。烟尘犹未息，莫近塞云飞。

拟漠漠帆来重

薄暮潇潇雨，何人独倚栏。濛濛山气重，澹澹水纹寒。草际光犹泫，松梢滴未干。灯前未归客，无梦到长安。

拟何时风雨夜

幽居少人事，有客来不速。炉内火正红，尊中酒新绿。高斋始闻雁，隔窗时动竹。何当风雪夜，抱被还同宿。

拟绿阴生昼寂

了无车马迹，终日掩禅关。不下溪头路，坐看檐际山。好鸟破午寂，幽花澹春闲。簪组方为累，来游不知还。

拟兵卫森画戟

冠带事朝谒，清坐弹鸣琴。以彼尘外趣，远我遗世心。岸帻送归鸟，隐几见遥岑。聊得静者乐，岂必居山林。

右《拟和韦诗》几廿首，数年前致政时作，今岁过超化少林，意欲卜居，病未能也。正之郎中送此幅，褙者用矾糊，不能书，书不成字，重违雅意，勉强作此。正大八年七夕后一日　秉文

闲闲公以正大九年五月十二日下世，此卷最为暮年书，故能备钟、张诸体，于屋漏雨、锥画沙之外，别有一种风气，令人爱之而不厌也。百年以来，诗人多学坡、谷，能拟韦苏州、王右丞者，唯公一人。唯真识者乃能赏之耳。后廿二年三月五日门生元好问敬览。

李屏山平日喜佛学，尝曰："中国之书不及也。"又曰"西方之书"，又曰"学至于佛则无所学"。《释迦赞》云："窃吾糟粕，贷吾秕糠；粉泽丘、轲，刻画老、庄。"尝论以为"宋伊川诸儒，虽号深明性理，发扬六经、圣人心学，然皆窃吾佛书者也"。因此，大为诸儒所攻。兴定间，再入翰林，时赵闲闲为翰长，余先子为御史，李钦止、钦叔、刘光甫俱在朝，每相见，辄谈儒佛异同，相与折难。久之，屏山因以禅语解"《中庸》那著无多事，只怕诸儒认识神"。先子和之，亦书其后云："谈玄政自伯阳孙，佞佛真成次律身。毕竟诸儒扳不去，可怜饶舌费精神。"盖屏山尝言："吾祖老子，岂敢不学老、庄？吾生前一僧，岂敢不学佛？"

故先子及之。屏山览之，大笑，且曰："'扳'字如何下来？"先子曰："《公羊》：'诸大夫扳隐而立之。'是也。"又屏山解"道生一"云："一二三四五，虾蟆打杖鼓。"大抵皆如此葛藤语。及其属疾，盖酒后伤寒，至六七日发黄，遍身如金，迄卒，色不变，医所谓酒疸者。交游因戏之曰："屏山平日喜佛，今化为丈六金身矣。"而张介夫祭文直云："公必乘云气、骑日月，为汗漫之游，不然，则西方之金仙矣。"

赵闲闲本喜佛学，然方之屏山，颇畏士论，又欲得扶教传道之名，晚年自择其文，凡主张佛老二家者皆削去，号《滏水集》，首以中、和、诚诸说冠之，以拟退之原道性，杨礼部之美为序，直推其继韩、欧。然其为二家所作文，并其葛藤诗句另作一编，号《闲闲外集》。以书与少林寺长老英粹中，使刊之，故二集皆行于世。余尝与王从之言："公既欲为纯儒，又不舍二教，使后人何以处之？"王丈曰："此老所谓藏头露尾耳。"又深戒杀生，中年断荤腥。尝谓余曰："凡人欲甘己之口舌而害生物，彼性命与人何异也？"又曰："吾先人晚年亦断荤腥。临终，闭目逝。少顷，复开目曰：'我见数人担肉数担过去，盖吾命所得食而不食者也。'"或者戏曰："死则已矣，不亦枉了此肉乎？"然推公之心本慈祥，尝曰："吾生前是一僧。"又曰："吾前生是赵抃阅道。"盖阅道亦奉佛也。余先子自初登第识公，公喜其政事。既南渡，喜其有直名。后由公荐入翰林，相得甚欢。尝谓同僚曰："吾将老而得此公入馆，当代吾。"又曰："某官业当为本朝第一。"未几，先子殁。公哭甚哀，又为文以祭，为诗以挽，又取诸朝士所作挽词亲书为一轴寄余。余请表诸墓。至于《新修叶县学》诗及先子《惠政碑》，皆公笔也。余兴定末因试南京，初识公。已而，先子罢御史，归淮阳，余独留，日从公游，论诗讲道，为益甚多。然公以吾家父子不学佛，议小不可，且屡诱余，余亦不能从也。尝谓余曰："学佛老与不学佛老，不害其为君子。柳子厚喜佛，不害为小人；贺知章好道教，不害为君子；元微之好道教，不害为小人。亦不可专以学二家者为非也。"余因悟公以吾父子不学二家恐其相疵病，故有是论。已而，余亦归淮阳，公又与余书曰："慎不可轻毁佛老二教，堕大地狱则无及矣。闻此必大笑，但足下未知大圣人之作为耳。"余答书曰："若二教，岂可轻毁之？自非当韩、欧之世，岂可横取谤议哉？自非有韩、欧之智，岂可漫浪为哉？君子者，但知反身则以诚，处事则以义。若所谓地狱则不知也。"然公终于余有所恨。石抹嵩企隆亦从公游学佛，公甚爱之。尝于慧林院谒长老，公亲教企隆持香炉三棹脚作礼，因语梁户部斗南曰："此老不亦坏了人家子弟邪？"士林传以为笑。公既致仕，苦人求书，大书榜于门。有一僧将求公作化疏，以钉钉其手于公门。公闻，遽出礼之，为作疏且为书也。

卷十

李屏山晚年多疑畏，见后进中异常者，必摩抚之。雷公希颜本其门下士，后见其锋铓气势，恐其害己，甚惮之。尝为檄以疏其过恶，已而焚之。李公钦止、刘公光甫皆推挹屏山，然屏山以为李有钩钜，刘谈论锋出，皆惮之。尝谓余曰："若钦止之目，希颜之髯，光甫之牙，皆可畏。"余每与先子言以为笑。

正大间，雷希颜、李钦叔俱在翰林，王鹗伯翼以新进状元，亦入院为应奉，然其趋向各不同，故当时馆中有云："凡在院诸公，有侯门戚里者，有秦楼谢馆者，有田夫野老者。"侯门戚里者谓雷交权要也，秦楼谢馆者谓李狎歌酒也，"田夫野老者"谓王为其乡人通请托也。

泰和、大安以来，科举之文弊，盖有司惟守格法，无育材心，故所取之文皆猥弱陈腐，苟合程度而已。其逸才宏气、喜为奇异语者往往遭绌落，文风益衰。及宣宗南渡，贞祐初，诏免府试，而赵闲闲为省试，有司得李钦叔赋，大爱之。盖其文虽格律稍疏，然词藻庄严绝俗，因擢为第一人，擢麻知几为策论魁。于是举子辈哗然，诉于台省，投状陈告赵公了坏了文格，又作诗讥之。台官许道真奏其事，将覆考，久之方息。俄钦叔中宏词科，遂入翰林，众始厌服。正大中，钦叔复为省试，有司得史学优赋，大爱之，亦擢为第一，于是举子辈复大噪。盖史之赋比李尤疏，第以学问词气见其为大手笔。又赋中多用禽兽对属，众言"何考官取此赋为魁？盖其中口味多也"。又曰："可号学优为百兽家。"俄学优对廷策中之，议者亦息。嗟乎！士皆安卑习陋久矣，一旦见其有轩昂峭异者，其怪骇宜哉。夫科举本以取天下英才，格律其大约也。或者舍彼取此，使士有遗逸之嗟，而赵、李二公不徇众好，独所取得人，彼议者纷纷何足校也。

金朝钱币旧止用铜钱，正隆、大定、泰和间始铸新钱，余皆宋旧钱。及高岩夫为三司副使，倡行钞法。初甚贵重，过于钱，以其便于持行也。尔后兵兴，官出甚众，民间始轻之，法益衰。南渡之初，至有交钞一十贯不抵钱十文用者，富商大贾多因钞法困穷，俗谓坐化。官知其然，为更造，号曰宝券。新券初出，人亦贵之，已而复如交钞。官又为更造，号曰通货，又改曰通宝，又改曰通货，曰宝泉、珍宝、珍会，最后以绫织印造，号珍货，抵银。一起一衰，迄国亡而钱不复出矣。予在淮阳时，尝闻宋人喜收旧钱，商贾往往以舟载，下江淮贸易，于是钱多入宋矣。嗟夫！钱为至宝，自古流行，今日弃置与瓦砾等，而以诸帛相诳欺，无怪乎天下之远……原本空白二行。

兴定末，予在南京，会屏山至钧台，日游，每从之，多问以金朝旧事，屏山备为予谈之。其谈田毂侍郎党事云，熙宗时，韩丞相企先辅政，好奖进人材。田毂辈风采，诚一时人士魁，名士皆显达焉。凡宴谈会集间，诸公皆以分别流品、升沉人物为事。时蔡丞相松年、曹尚书望之、许宣徽霖居下位，欲附其中，而毂辈不许曰："松年失节，望之俗吏，霖小人。"皆屏而不用。三人者大恨之。时太师辽王名宗弼。以皇叔当国，三人者游其门，甚言毂等专进退人材自利，将不利朝廷。辽王信之，将有以发怒，会韩丞相病革，辽王候焉。适毂在内闻之，趋避门后。丞相属王以后事，曰："田毂可代吾。"辽王忿然曰："是子当诛，相公昏矣。"因起而出。毂闻之，汗沾衣。已而，丞相薨，毂等失势，三人者促辽王起党事奏闻。熙宗曰："党人何为？"辽王曰："党人相结欲反耳。"上曰："若尔，当尽诛之。"于是收毂等下狱，且远捕四方党与。每得一人，先漆其面赴讯，使不相识。搒掠万状，毂、具瞻皆死狱中，而松年、望之、霖皆进用矣。其后，松年在相位，晨赴朝，上马，见毂召辨，左右但闻松年云："某当便行。"望之在吏部听事亦见毂召辨，二人由此薨。而霖病创颈断卒，天之报施亦显哉，大抵类田蚡、灌夫事也。当毂用事时，士之希进者无不附之，独吾高祖南山翁不预。及其遭祸，天下士多不免，独吾祖得全，世以拟郭林宗。张御史景仁表翁墓有云："当时以声势为能吏巧相附会者，未尝推挽公，公亦不以此屑意。其后，皆坐朋党沦胥以败，公独不与，识者莫不多之。"盖实录也。

屏山又谈赵闲闲初上言诸公坐诗讥讽得罪事云：章宗诚好文，奖用士大夫。晚年为人谗间，颇厌怒。如刘左司昂、宗御史端修，先以大中事皆坐谤议朝政谪外官。其后，路侍御铎、周户部昂、王修撰庭筠复以赵闲闲事谪绌。每曰："措大辈止好议论人。"故泰和三年御试，上自出题曰"日合天统"，以困诸进士。止取二十七人，皆积渐之所致也。初，赵秉文由外官为王庭筠所荐入翰林，既受职，遽上言云："愿陛下进君子，退小人。"上召入宫，使内侍问："当今君子、小人为谁？"秉文对："君子，故相完颜守贞；小人，今参政胥持国也。"上复使诘问："汝何以知此二人为君子、小人？"秉文惶迫不能对，但言："臣新自外来，闻朝廷士大夫议论如此。"时上厌守贞直言，由宰相出留守东京。向持国谄谀，骤为执政，闻之大怒，因穷治其事。收王庭筠等俱下吏，且搜索所作讥讽文字，复无所得，独省掾周昂《送路铎外补》诗有云："龙移鲔鳝舞，日落鸱枭啸。未须发三叹，但可付一笑。"颇涉讥讽。奏闻，上怒曰："此政谓世宗升遐而朕嗣位也。"大臣皆惧，罪在不可测。参知政事孙公铎从容言于上曰："古之人臣亦有拟为龙、为日者，如孔明卧龙、荀氏八龙、赵衰冬日、赵盾夏日，宜无他。"于是上意稍解。翌日有旨："庭筠坐举秉文，昂坐讥讽，各杖七十，左贬外官。秉文狂愚，为人所教，止以本等外补。"初，秉文与昂不相识，被累。已而，昂杖卧，秉文谢焉，大为昂母所诟，秉文但曰："此前生冤业也。"故人为之语有"不攀栏槛只攀人"之句。其后，赵公以文章翰墨著名，位三品，主文盟，然此少时事终不能掩。大安中，出刺宁夏，屏山以诗送之，有云："明昌党事起，实夫子为根。黄华文章伯，抱恨入九原。槃槃周大夫，不得早调元。株逮及见黜，公独拥朱幡。"盖讦其旧事也。

　　余尝闻故老论金朝女直宰相中，最贤者曰完颜守贞。相章宗，屡正言，有重望。自号冷岩，接援士流，一时名士如路侍御铎、周户部德卿诸公皆倚以为重。后竟以直罢相，出留守东京。德卿赋《冷岩行》颂其德。

　　胥参政持国由经童入仕，得幸于章宗，擢为执政，一时权势赫然，而张仲渊诸人游其门，附以进用，时号"胥门十哲"。泰和南征，宋人传檄有云："经童作相，监女为妃。"皆指以罪章宗。"监女"者，元妃李氏，其家因罪没入官为奴婢，属监户。李氏少给事太后，章宗见而悦之。及即位，大被宠，嬖专房，拜为元妃，势敌正后。其兄喜儿，少尝为盗，夤缘至宣徽使。弟帖哥至近侍局使。一家权势熏天，士大夫好进者往往趋附。南京李按察炳、中山李翰林著皆与妃家结为亲。独李怀州晏。辞不肯。后章宗崩，无子，元妃等与宰相撒速定策立卫王。王，世宗子，章宗叔也。王既立，撒速欲专其功，媒蘖李氏罪恶，以为尝为厌胜事，卫王下诏赐元妃死，且废为庶人，使天下止呼其小字李师儿。其母王坐诛，兄喜儿、弟帖哥皆窜北边，李氏一族灰灭矣。当其盛时，不减唐开元杨贵妃家，然止于奢纵，不能害政蠹民也。世言李氏姿色不甚丽，性慧颖，能迎合人主意，以此幸于章宗。初不知书，后见上好文，遂能作字知文义，妇人女子变化有此哉。

张仲淹复亨少为进士，同郭𬭚、周询、卢元中宏词科，为文有体，且长于吏事，大为章宗所知。登第不十年，位三品，擢中都路都转运使，卒，时年方四十余。不然，大拜矣。然以其附胥氏得进，清论鄙之。士大夫趋向不可不慎也。

纥石烈执中，小字胡沙虎。世宗时为护卫，得幸于章宗。为人凶悍鸷横，为举朝所恶。且莅官不法，台谏屡有言，上常右之，每曰："汝辈无他事，何止言胡沙虎也？斯人止是跋扈耳。"孟参政铸时为御史中丞，对曰："圣世岂容有跋扈之臣？"上无以应。然屡斥屡召，恩宠不衰。卫王即位，北方兵起，命执中为帅，大败于古北口，北兵由此犯燕都。卫王疏其罪，除名为民。未几，复起为四门都提控，仍令参议省事。执中既得兵柄，遂有废立心。时驸马都尉南平，卫王心腹也，方用事，判大兴府。执中一旦勒兵，言南平谋反，杀之于街，即诣宫，斩关以入，车载卫王还第，自号监国元帅，坐都堂，百官无敢言者。时完颜元奴以参政将兵数万备北边，执中惧其见讨，使其家人好召之。元奴迟疑久，竟赴阙，执中执而诛之，遂缢卫王死。时丰王判彰德府，即迎入立，是为宣宗。士论谓元奴不入都，执中必不敢弑逆，政如皇甫嵩之就董卓征也，庸人无断至误国家如此。宣宗以执中为太师、尚书令、泽王，进退百官自恣，有震主之威，宣宗拱手而已。术虎高琪者，时为西南路招讨使，将兵，执中命出都与北兵战。高琪败归，见执中，执中将诛之，已而释之，复命提兵以出。又败，高琪惧诛，号令军士，将顺众心诛执中，众皆诺。夕入执中第，被甲胄露刃以前，执中方濯足，见大骇，走入卧内，高琪军士追杀之，持其首赴宫门请罪。宣宗大惧，遽传诏赦之。明日，拜平章政事。高琪既为相，复跋扈擅权，南渡政事自己出，宣宗甚惮之。然其为人颇廉，月俸计家所费外，悉纳于官。性忌忍，多害其敌己者，杀平章政事抹捻尽忠、杀东平帅移剌都，其力也。兴定初，坐杀其夫人，为家人讼言宰执，将奏之，法当退避，高琪忿然，遽索马归。宣宗即命亲兵擒下狱，以大不敬论杀之。

卫王初即位，改元大安，历四年，改元崇庆，历二年，又改元至宁，人谓"三元大崇"至矣，俄有胡沙虎之变。

南京未破时一二年，市中有一僧，不知所从来，持一布囊贮枣，持以散市人无穷，所在儿童从之。又有一僧，手拾街中破瓦子，复用石击碎，所在亦儿童聚焉。人初不知何意，后国亡，方知散枣者使之早散，击瓦者国家瓦解矣。

宣宗兴定六年夏，慧星出西方，长丈余，朝廷下诏改元元光，据汉武帝故事以厌之。其年十一月宣宗崩，已而宋帝亦崩，天道竟谁应耶？

赵翰林可献之少时赴举，及御帘试《王业艰难赋》，程文毕，于席屋上戏书小词云："赵可可，肚里文章可可。三场捱了两场过，只有这番解火。恰如合眼跳黄河，知他是过也不过。试官道王业艰难，好交你知我。"时海陵庶人亲御文明殿，望见之，使左右趣录以来，有旨谕考官："此人中否当奏之。"已而中选，不然亦有异恩矣。后仕世宗朝，为翰林修撰。因夜览《太宗神射碑》，反覆数四。明日，会世宗亲飨庙，立碑下，召学士院官读之，适有可在，音吐鸿畅如宿习然，世宗异之。数日，迁待制。及册章宗为皇太孙，适可当笔，有云："念天下大器，可不正其本欤？而世嫡皇孙，所谓无以易者。"人皆称之。后章宗即位，偶问向者册文谁为之？左右以可对，即擢直学士。嗟乎，献之三以文字遇知人主，异哉！献之少轻俊，文章健捷，尤工乐章，有《玉峰闲情集》行于世。晚年奉使高丽。高丽故事，上国使来，馆中有侍妓，献之作《望海潮》以赠，为世所传。其词云："云垂余发，霞拖广袂，人间自有飞琼。三馆俊游，百衙高选，翩翩老阮才名。银汉会双星。尚相看脉脉，似隔盈盈。醉玉添春，梦魂同夜惜卿卿。　离觞草草同倾。记灵犀旧曲，晓枕余醒。海外九州，邮亭一别，此生未卜他生。江上数峰青。怅断云残雨，不见高城。二月辽阳芳草，千里路旁情。"归而下世，人以为"此生未卜他生"之谶云。先是蔡丞相伯坚亦尝奉使高丽，为馆妓赋《石州慢》云："云海蓬莱，风雾鬖鬖，不假梳掠。仙衣卷尽霓裳，方见宫腰纤弱。心期得处，世间言语非真，海犀一点通寥廓。无物比情浓，与无情相搏。　　离索。晓来一枕余香，酒病赖花医却。潋滟金尊，收拾新愁重酌。半帆云影，载得无际关山，《中州乐府》云："片帆云影，载将无际关山。"梦魂应被杨花觉。梅子雨丝丝，满江千楼阁。"二词至今人不能优劣。予谓萧闲之浑厚，玉峰之峭拔，皆可人。然蔡之"仙衣卷尽霓裳，方见宫腰纤弱"与赵之"惜卿卿"皆不免为人疵议之矣。

王副枢晦子明，自布衣时慷慨以侠闻，其友人出游久，妻与一僧私，既归，晦以告，其友无如之何。晦教之，复为远出计。治装即岐，而他寓。夕造其家，僧见之，趋启轩以逃，晦伏轩外，以铁简迎击，僧脑出而毙。明日，晦诣有司等自陈其事，有司义而释之。其后守顺州，竟以节死。

金朝名士大夫多出北方，世传《云中三老图》：魏参政子平宏州顺圣人，梁参政甫应州山阴人，程参政晖蔚州人，三公皆执政世宗时，为名臣。又苏右丞宗尹天成人，吾高祖南山翁顺圣人，雷西仲父子浑源人，李屏山宏州人，高丞相汝砺应州人，其余不可胜数。余在南州时，尝与交游谈及此，余戏曰："自古名人出东、西、南三方，今日合到北方也。"

周户部德卿尝论时人之文曰："正甫之文可敬，从之之文可爱，之纯之文可畏也。"正甫名珪，真定人。尝为省都事，有能声。泰和南征，军书羽檄皆出其手，为文条畅有法。余尝至栾城，县署中有一遗爱碑，正甫笔也，余文不多见。在南京时，李屏山尝云："正甫文字全散失不传。"以是知士大夫贵有良子弟也。

赵闲闲于前辈中，文则推党世杰怀英、蔡正甫珪，诗则最称赵文孺沨、尹无忌拓。尝云："王子端才固高，然太为名所使。每出一联一篇，必要时人皆称之，故止是尖新。其曰'近来陡觉无佳思，纵有诗成似乐天'。不免物议也。"李屏山于前辈中止推王子端庭筠。尝曰：
"东坡变而山谷，山谷变而黄华，人难及也。"或谓赵不假借子端，盖与
王争名，而李推黄华，盖将以轧赵也。屏山南渡后文字，多杂禅语葛
藤，或太鄙俚不文，迄今刻石镂板者甚众。余先子尝云："之纯晚年文
字半为葛藤，古来苏、黄诸公亦语禅，岂至如此？可以为戒。"又多为
浮屠作碑记传赞，往往诋訾吾徒，诸僧翕然归向，因集以板之，号《屏
山翰墨佛事》，传至京师，士大夫览之多愠怒，有欲上章劾之者。先子
尝谓曰："此书胡不斧其板也？"屏山曰："是向诸僧所镂，何预我耶？"
后屏山殁，将板其全集，闲闲为涂剔其伤教数语，然板竟不能起，今为
诸僧刻于木，使传后世，惜哉。

　　屏山之殁，雷希颜志其墓，赵闲闲表焉。余先子之殁，亦雷志其
墓，赵闲闲表焉。皆刻于石矣。迨雷、赵之殁，既葬而后，元裕之志
之，其外表迄今皆阙也。

　　余高祖南山翁未第时，尝梦游山寺，见佛衣纹隐隐如金字，然细
视之，乃七言诗也。觉而记其四句云："喜逢汉代龙兴日，高谢商山豹
隐秋。蟾宫好养青青桂，须占鳌头稳上游。"已而，金朝初开进士举，
中魁甲。继以二子西岩、龙泉同擢第，又继以孙洺州君，又继以孙中
奉君、朝列君、曾孙翰林君、奉政君，凡四世八人也。在南京时，中奉
君尝求书"八桂堂"于赵闲闲，闲闲曰："君家岂止八桂而已耶？"为书
"丛桂蟾窟"四字云。

　　屏山之殁，诸公祭文、挽诗数十篇，雷、宋倡之。已而余先子殁，
诸公祭文、挽诗才数首。后赵闲闲殁，惟余及宋飞卿、杨焕然作祭文、
挽诗也。

卷十一

录 大 梁 事

金正大八年辛卯冬十一月，一作"十二月"。余居淮阳，北兵由襄、汉东下，时老祖母、老母在南京，趋往省焉。既至京师，边声益急，闻北兵阻荆江，与平章政事完颜合打等谋纵北兵东渡，将以劲骑蹴入江。北兵既渡，皆殊死战，合打兵不能遏，遂帅八都尉退保钧州。北兵袭之，不进。时朝廷忧惧不知所为，然天下劲兵皆为二帅所统，倚以决存亡。又命参知政事徒单兀典、殿前都点检完颜重喜提兵扼潼关。九年正月，下诏求言，于东华门接受陈言文字，日令一侍从官居门待，言者虽多，亦未闻有施行者。盖凡得士庶言章，先令诸朝贵如御史大夫裴满阿虎带、户部尚书完颜奴申等披详可，然后进，多为诸人革拨，百无一达者。余时亦愤然上书，且求见口陈。会翰林修撰李大节直于门，余付之，且与论时事。李曰："今朝廷之力全在平章、副枢，看此一战如何？"余无可奈何矣。时正月十七日也。翌日，报闻十六日钧台与北兵酣战，会天大雪没膝，我师皆冻不能支，转战良久，北兵后自孟津南渡，与南来诸兵会，我师遂大败，移剌蒲瓦被擒，完颜合打窜于地穴中，为所发见杀。都尉苗英、高英、樊泽，郎将完颜陈和尚诸骁将皆死。京师大震，下诏罪己，改元开兴。为守御京城计，四面置帅府，置行户、工部。和速甲蒲速䝁帅北面，李新帅东面，范正之帅南面，完颜习你阿不帅西面。蒲察君平、张俊民、张师鲁、石抹世勣分领户、工部事。时平章政事兼枢密使完颜白撒、枢密院副使赤盏合喜用事，二人奸佞无远略，士庶皆恶之，末帝信用，不能斥去。识者知其误国矣。俄闻陷钧州，又陷许州，许帅十伦死之。二月，陷陈州，陈帅粘割奴申死之。京畿诸邑，所至残毁。末帝在宫中，时聚后妃涕泣。尝自缢，为宫人救免。又将坠楼，亦为左右救免。御史大夫裴满阿虎带、吏部侍郎刘仲周等诣北兵告和，不从。三月，北兵迫南京，上下震恐，朝议封皇兄荆王守纯子肃国公某为曹王，命尚书右丞李蹊等奉以为质子于军前，擢应奉翰林文字张本为翰林侍讲学士从以北。北兵留曹王营中，李蹊等回，具言彼虽受之，待北投，京师将不免攻。明日，北兵树炮攻城，大臣皆分主方面。时京城西南隅最急，完颜白撒主之。西隅尤急，赤盏合喜主之。东北隅稍缓，丞相完颜塞不主之。独东南隅未尝攻。时人情汹惧，皆以为旦夕不支。末帝亲出宫，巡四面劳军，故士皆死战。帝出，从数骑，不张盖，纵路人观。余时在道左，欲诣陈便宜，忽见一士捧章以进，帝令左右受之，谕曰："入宫看读，当候之。"余谓此时当马上览奏行事，今云"入宫"，又虚文也，遂趋去。已而其事竟无闻。北兵攻城益急，炮飞如雨，用人浑脱，或半磨，或半碓，莫能当。城中大炮号"震天雷"应之，北兵遇之，火起，亦数人灰死。军士又自城根暗门突出，杀伤甚众。总领蒲察官奴、高显、刘奕皆以力战有功，众庶推之，皆擢为帅，使分守四面相接应。时自朝士外，城中人皆为兵，号"防城丁壮"。下令：有一男子家居处死。太学诸生亦选为兵。诸生诉于官，请另作一军，号"太学丁壮"。已而，朝议以书生辈尫羸不任役，将发为炮夫，诸生刘百熙、杨焕等数十人伺上出，诣马前请自效。上慰谕，令分付四面户部工作委差官，由是免炮夫之苦。平章白撒怒诸生之自见上也，趋召赴部，以缓期，杖户部主事田芝。又分令诸生监送军士饮食，视医药，书炮夫姓名。又令于城上放纸鸢，鸢书上语招诱胁从之人，使自拔以归，受官赏，皆不免奔走矢石间。又夜举灯球为令，使军士自暗门出劫战，令诸生执役，灯灭者死。诸生甚苦之。俄以灯球未具，杖刑部郎中石抹世勣，以前户部侍郎李渔代之。白撒本无守御才，但以严刻立威誉。夏四月八日始辍攻，下诏改元天兴。传闻北有朝命，令勿击。众谓攻三日不解，城将隳。已而，城上人望见北兵焚炮车，众皆以相贺。俄闻北兵不退，四面驻兵逻之，由是知祸未艾也。士庶往往纵酒肉歌呼，无久生心。秋七月，北兵遣唐庆等来使，且曰："欲和好成，金主当自来好议之。"末帝托疾卧御榻上，见庆等掉臂上殿，不为礼。致来旨毕，仍有不逊言，近侍皆切齿。既归馆，饷劳。是夕，飞虎军数辈，愤庆等无礼，且以为和好终

不能成，不若杀之快众心。夜中，持兵入馆，大噪，杀庆等。馆伴使奥
屯按出虎及画二人亦死。迟明，宰执趋赴馆视之。军士露刃，诣马前
请罪。宰执遑遽慰劳之，上因赦其罪，且加犒赏。京师细民皆欢呼踊
跃，以为太平。识者知其祸不可解矣。八月，恒山公武仙提兵自邓赴
京师，上命副枢合喜出兵援之。至密县遇北兵，合喜遽退走。仙兵与
北兵转战于郑州之西南，会徒单兀典亦提兵东来相遇，战久之，由合
喜兵不相接，皆败。仙引余兵南归，兀典亦西走。合喜还京师，士庶
罪其误国，上不得已，废为民。时京师被围数月，仓廪空虚。尚书右
丞李蹊坐粮不给下狱，已而免死，除名。擢前户部侍郎张师鲁为户
部，主粮储事。时民间皆言官将搜百姓粮，人情汹汹，甚以为忧。冬
十月，果下令自亲王宰相已下，皆存三月粮，计口留之，人三斗，余入
官，隐匿者处死。命御史大夫裴满阿虎带、总帅知开封府徒单百家主
之，其余朝廷侍从官分领其事。凡主者所往，剑戟从焉，户阅人诘不
少缓，用铁锥监之，石杵震之，恐藏城中。士庶不爨以待。或搜获隐
匿者，械于街，虽皇兄、后妃家皆不免。军士突入，妃主惊逃，驱絷奴
仆，使之指陈所匿，京师巨家著姓被罪者甚多。总领蒲察定住尤酷
甚，杖杀无辜数人，凶黠辈因之为奸利，由是百姓离心。识者知其必
亡。十二月，朝议以食尽无策，末帝亲出东征。丞相塞不、平章白撒、
右丞完颜斡出、工部尚书权参知政事李蹊、枢密院判官白华、近侍局
副使李大节、左右司郎中完颜进德、张衮、总帅徒单百家、蒲察官奴、
高显、刘奕皆从。上与太后、皇后、诸妃别，大恸，誓以不破敌不归。
仪卫萧然，见者悲怆。留参知政事完颜奴申、枢密副使完颜习你阿不
权行尚书省兼枢密事。以余兵守南京。上既出，遇巩州帅完颜胡斜
虎提兵转战来赴援，因从以东。初，上疑东面帅李新跋扈，有妄言，先
罢为兵部侍郎。将出，密谕二守臣羁絷之。已而上出，二人者以事召
新诣省。新疑其见擒，纵马突城门欲出，门者止之。新弃马逾城，二
人者遽命将追及，堕湟水中，斩其首。时末帝既出，人情愈不安，日夜
颙望东征之捷。俄闻北渡，前锋方交战，有功，取蒲城。进取卫州，白
撒等望见北兵，遂劝上登舟船南渡，从官多攀从不及，死于兵。而骁
将徒单百家、高显、高奕辈初不知上去，已而军士皆散没。上以余兵

狼狈入归德,杜门,京民大恐,以为将不救矣。二守臣素庸暗无谋,但知闭门自守。百姓食尽,无以自生。米升直银二两,贫民往往食人殍,死者相望,官日载数车出城,一夕皆剐食其肉净尽。缙绅士女多行丐于街,民间有食其子。锦衣、宝器不能易米数升。人朝出不敢夕归,惧为饥者杀而食。平日亲族交旧,以一饭相避于家。又日杀马牛乘骑自啖,至于箱箧、鞍鞯诸皮物,凡可食者皆煮而食之。其贵家第宅与夫市中楼馆木材皆撤以爨。城中触目皆瓦砾废区,无复向来繁侈矣。朝官士庶往往相结携妻子突出北归,众谓不久当大溃。二年正月,末帝遣近侍局使徒单四喜等入南京取太后、皇后、诸妃嫔赴归德。既出城,惧与北兵遇,复仓皇归宫。于后。四喜独携其族以去,末帝斩之。时外围不解,上下如在陷阱中,且相继殍死,议者以为上既去国,推立皇兄荆王,以城降,庶可救一城生灵,且望不绝完颜氏之祀,是亦《春秋》"纪侯大去其国,纪季以酅入于齐"之义,不得已者。况北兵中有曹王也,朝士皆知,莫敢言。二守臣但曰:"当以死守。"众愤二人无他策,思有一豪杰出而为之救士民。余夕见左司郎中杨居仁白其事,杨云:"是事固善,然孰敢倡者? 彼二执政亦知之而不敢言,且不敢为也。"廿有一日,忽闻执政召在京父老、士庶计事,诣都堂。余同麻革潜众中以听。二执政立都堂檐外,杨居仁诸首领官从焉。省掾元好问宣执政所下令告谕,且问诸父老便宜。完颜奴申拱立无语,独完颜习你阿勃反覆申谕:"以国家至此,无可奈何,凡有可行,当共议。"且继以泣涕。诸禺叟或陈说细微,不足采。余语麻革,将出而白前事。革言:"莫若以奏记密陈。子归草之,吾当共上也。"余以是退,将明日同革献书。其夕,颇闻民间称有一西南崔都尉、药招抚者将起事,众皆曰:"事急矣,安得无人?"予既归,夜草书,备论其事。迟明,怀以诣省庭,且邀革往。自断此事系完颜氏存灭,且以救余民,虽死亦无愧矣。是旦,大阴晦,俄雨作,余姑避民间。忽闻军马声,市人奔走相传曰:"达靼入城矣。"余知事已不及,遂急归。路闻非北兵,盖西南兵变,已围尚书省矣。时崔立为西面都尉、权元帅,同其党韩铎等举兵。药安国者,北方人,素骁勇,为先锋以进,横刀入尚书省,崔立继之。二执政见而大骇曰:"汝辈有事,当好议。"安国先杀习你阿不，次杀奴申，又杀左司郎中纳合德晖，击右司郎中杨居仁、聂天骥，创甚。省掾皆四走，窜匿民家。崔立既杀二人，提兵尚书省，号令众庶曰："吾为二执政闭门误众，将饿死。今杀之，以救一城民。"且禁诸军士："取民一钱处死。"阖郡称快，以为有生路也。食时，忽阴雨开霁，日光烂然。立提兵入宫见太后，具陈其事。太后惶怖听命，拜立为左丞相、都元帅、寿国公。立以太后令，释卫邸之囚，召卫王故太子梁王某监国，遂取卫族皆入宫。即遣使持二执政首诣军前纳降款。明日，立坐都堂，召在京父老、僧道、百姓谕言，皆曰："谢丞相得生。"立又自诣军前投谒归附，命归，令在京士庶皆割发为北朝民。初，立举事止三百人，杀二执政。当时诸女直将帅四面握兵者甚多，皆束手听命，无一人出而与抗者。人谓李新若在，决与立抗衡，新死，故立得志。立变三日，御史大夫裴满阿虎带、提点近侍局兼左右司郎中吾古孙纳申缢于台中，户部尚书完颜仲平亦自杀。初，立以副元帅药安国首事难制，忌之。因其夜取故监军王守玉妻，旦坐都堂，以安国犯令，叱左右斩以徇。于是朝士震悚，无令不从。梁王虽监国，在宫中虚名而已。立以其弟某为平章政事，张颂为殿前都点检，韩铎为副元帅、知开封府，左司都事孛术鲁济之为御史中丞，皆其党也。又以吏部侍郎刘仲周、谏议大夫张正伦参议省事，盖立取仲周女为妻，正伦有人望。又以前卫尉奥屯阿虎带为尚书右丞，前殿前都点检温迪罕二十为参知政事。仲周、正伦皆进参知政事，省令史元好问为左右司员外郎。又以刁璧为兵部尚书、元帅左监军。初，立起，与璧谋。及其期，璧不往。立颇怒之甚，故不得执政。一时人望与士大夫退闲者，皆以次迁擢台阁中，其除拜无虚日。俄，立自为太师、尚书令、郑王。闻钧、汝间有众据西山不从命，立遣韩铎帅兵讨之。铎中箭死，以折彦颜知开封府。立又封诸内藏库，将以奉北兵，亦往往取归其第。又搜选民间寡妇、处女，亦将以奉北兵，然入其家者甚众。又括刷在京金银，命百官分坊陌穷治之，贵人、富家俱被害。陈国夫人王氏，末帝姨也，素富于财；平章白撒夫人亦富侈；右丞李蹊旧以取积闻，其妻子皆被搒掠、拷讯死。立又自诣军前求免剽掠，又求纵百姓出城挑菜充饥，于是人得出近郊采蓬子窠、甜苣菜，杂米粒以食。又闻京西一作"西京"。陈冈上有野麦甚丰,立请百姓往收之。立又聚皇族皆入宫,俄遣诣青城,皆为北兵所杀,如荆王、梁王辈皆预焉,独太后、皇后、诸妃嫔宫人北徙。百姓初闻皇族当北往,有窜其间者,亦被诛军前。又取壬辰诸宰执家属,治罪杀唐庆事。故相侯挚亦见杀。四月二十日,使者发三教医匠人等出城,北兵纵入,大掠。立时在城外营中,兵先入立家,取其妻妾、宝玉辇以出。立归,大恸,亦不敢谁何。大臣富家多被荼毒死者,而三教医匠人等,在青城侧亦被剽夺无遗。俄复遣三教人入城,许百姓与北兵市易,城中人以所余金帛易北来米麦食之,然多为北兵劫取,莫敢语。余时同诸生复入居八仙馆中。五月二十有二日,会使者召三教人从以北。嗟乎,此生何属亲见国亡? 至于惊怖、劳苦万状不可数。乃因暇日,记忆旧事,漫记于编。若夫所传不真及不见不闻者,皆不敢录。

卷十二

录崔立碑事

崔立既变,以南京降,自负其有救一城生灵功,谓左司员外郎元裕之曰:"汝等何时立一石,书吾反状邪?"时立国柄入手,生杀在一言,省庭日流血,上下震悚,诸在位者畏之,于是乎有立碑颂功德议。数日,忽一省卒诣予家,赍尚书礼房小帖子云:"首领官召赴礼房。"予初愕然,自以布衣不预事,不知何谓,即往至省。门外遇麻信之,予因语之。信之曰:"昨日见左司郎中张信之言,郑王碑事欲属我辈作,岂其然邪?"即同入省礼房。省掾曹益甫引见首领官张信之、元裕之二人曰:"今郑王以一身救百万生灵,其功德诚可嘉。今在京官吏、父老欲为立碑纪其事,众议属之二君,且已白郑王矣。二君其无让。"予即辞曰:"祁辈布衣无职,此非所当为。况有翰林诸公如王丈从之及裕之辈在,祁等不敢。"裕之曰:"此事出于众心,且吾曹生自王得之,为之何辞?君等无让。"予即曰:"吾当见王丈论之。"裕之曰:"王论亦如此矣。"予即趋出,至学士院,见王丈,时修撰张子忠、应奉张元美亦在焉。予因语其事,且曰:"此实诸公职,某辈何与焉?"王曰:"此事议久矣。盖以院中人为之,若尚书檄学士院作,非出于在京官吏、父老心;若自布衣中为之,乃众欲也。且子未仕,在布衣。今士民属子,子为之亦不伤于义也。"余于是阴悟诸公自以仕金显达,欲避其名以嫁诸布衣。又念平生为文,今而遇此患难,以是知扬子云《剧秦美新》,其亦出于不得已邪?因逊让而别。连延数日,又被督促。知不能辞,即略为草定,付裕之。一二日后,一省卒来召云:"诸宰执召君。"余不得已,赴省。途中,遇元裕之骑马索予,因劫以行,且拉麻信之俱往。初不言碑事,止云省中召王学士诸公会饮,余亦阴揣其然。既入,即引诣左参政幕中,见参政刘公谦甫举杯属吾二人曰:"大王碑事,众议烦公等。公等成之甚善。"余与信之俱逊让曰："不敢。"已而,谦甫出,见王丈在焉,相与酬酢。酒数行,日将入矣,余二人告归。裕之曰："省门已锁。今夕既饮,当留宿省中。"余辈无如之何。已而烛至,饮余,裕之倡曰："作郑王碑文,今夕可毕手也。"余曰："有诸公在,诸公为之。"王丈谓余曰："此事郑王已知众人请太学中名士作,子如坚拒,使王知诸生辈不肯作,是不许其以城降也,则衔之刻骨,缙绅俱受祸矣。是子以一人累众也。且子有老祖母、老母在堂,今一触其锋,祸及亲族,何以为智?子熟思之。"予惟以非职辞。久之,且曰："予既为草定,不当诸公意,请改命他人。"诸公不许,促迫甚。予知其事无可奈何,则曰："吾素不知馆阁体,今夕诸公共议之,如诸公避其名,但书某名在诸公后。"于是裕之引纸落笔草其事。王丈又曰："此文姑使裕之作以为君作,又何妨?且君集中不载亦可也。"予曰："裕之作政宜,某复何言?"碑文既成,以示王丈及余。信之欲相商评,王丈为定数字。其铭词则王丈、欲之、信之及存予旧数言。其碑序全裕之笔也。然其文止实叙事,亦无褒称立言。时夜几四鼓,裕之趣曹益甫书之,裕之即于烛前焚其稿。迟明,予辈趋去。后数日,立坐朝堂,诸宰执首领官共献其文以为寿,遂召余、信之等俱诣立第受官。余辈深惧见立。俄而,诸首领官赍告身三通以出,付余辈曰："特赐进士出身。"因为余辈贺。后闻求巨石不得,省门左旧有宋徽宗时《甘露碑》,有司取而磨之,工书人张君庸者求书。刻方毕,北兵入城纵剽,余辈狼狈而出,不知其竟能立否也?嗟乎!诸公本畏立祸,不敢不成其言。已而又欲避其名,以卖布衣之士。余辈不幸有虚名,一旦为人之所劫,欲以死拒之,则发诸公嫁名之机,诸公必怒,怒而达崔立,祸不可测,则吾二亲何以自存?吾之死,所谓自经于沟渎而莫之知。且轻杀吾身以忧吾亲为大不孝矣,况身未禄仕,权义之轻重,亲莫重焉,故余姑隐忍保身,为二亲计。且其文皆众笔,非余全文,彼欲嫁名于余,余安得而辞也?今天下士议往往知裕之所为,且有曹通甫诗、杨叔能词在,亦不待余辩也。因书其首尾之详,以志少年之过。空山静思,可以一笑。

附录：元好问　外家别业上梁文

穷于途者返于家，乃人情之必至。劳以生而佚以老，亦天道之自然。方属风霜匽薄之余，而有里社浮湛之渐。兹焉卜筑，今也落成。遗山道人，蟫蠹书痴，鸡虫禄薄；猥以勃窣槃跚之迹，仕于危急存亡之秋。左曹之斗食未迁，东道之戈船已御；久矣公私之俱罄，困于春夏之长围。穷甚析骸，死惟束手。人望荆兄之通好，义均纪季之附庸。出涕而女于吴，莫追于既往；下车而封之杞，有觊于方来。谋则金同，议当孰抗？爰自上书宰相，所谓试微躯于万仞不测之渊；至于喋血京师，亦常保百族于群盗垂涎之口。皇天后土，实闻存赵之谋；枯木死灰，无复哭秦之泪。初，一军构乱，群小归功；劫太学之名流，文郑人之逆节。命由威制，佞岂愿为？就磨甘露御书之碑，细刻锦溪书叟之笔。蜀家降款，具存李昊之世修；赵王禅文，何预陆机之手迹？伊谁受赏，于我嫁名？悼同声同气之间，有无罪无辜之谤。耿孤怀之自信，听众口之合攻。果吮痈舐痔之自甘，虽窜海投山其何恨？惟彼证龟而作鳖，始于养虺以成蛇。追韩之骑甫还，射羿之弓随彀；以流言之自止，知神圣之可凭。复齿平民，仅延残喘。泽畔而湘累已老，楼中而楚望奚穷？怀先人之敝庐，可怜焦土；眷外家之宅相，更愧前途。岂谓事有幸成，计尤私便？东诸侯助竹木之养，王录事寄草堂之赀。占松声之一丘，近桃花之三洞。东墙西壁，无补拆之劳；上雨旁风，有闭藏之固。已与编户细民而杂处，敢用失侯故将而自名？因之挫锐以解纷，且以安常而处顺。老盆浊酒，便当接田父之欢；春韭晚菘，愧夺园夫之利。彼扶摇直上，击水三千；韦杜城南，去天尺五。坐庙堂，佐天子，盖有命焉。使乡里称善人，斯亦足矣。云云。

郝经《辨磨甘露碑》诗云："国贼反城以为功，万段不足仍推崇。勒文颂德召学士，溥南先生付一死。林希更不顾名节，兄为起草弟亲刻。省前便磨《甘露碑》，书丹即用宰相血。百年涵养一涂地，父老来看暗流涕。数樽黄封几斛米，卖却家声都不计。盗据中原责金源，吠尧极口无靦颜。作诗为告曹听翁，且莫独罪元遗山。"

辩　亡

或问："金国之所以亡，何哉？末帝非有桀、纣之恶，害不及民，疆土虽削，士马尚强，而遽至不救，亦必有说。"余曰：观金之始取天下，虽出于边方，过于后魏、后唐、石晋、辽，然其所以不能长久者，根本不立也。当其取辽时，诚与后魏初起不殊。及取宋，责其背约，名为"伐罪吊民"，故征索图书、车服，褒崇元祐诸正人，取蔡京、童贯、王黼诸奸党，皆以顺百姓望，由能用辽宋人材，如韩企先、刘彦宗、韩昉辈也。及得天下，其封诛废置，政令如前朝，虽家法边塞，害亦不及天下，故典章法度皆出于书生。至海陵庶人，虽淫暴自强，然英锐有大志，定官制、律令皆可观。又擢用人才，将混一天下。功虽不成，其强至矣。世宗天资仁厚，善于守成，又躬自俭约以养育士庶，故大定三十年几致太平。所用多敦朴谨厚之士，故石琚辈为相，不烦扰，不更张，偃息干戈，修崇学校，议者以为有汉文景风。此所以基明昌、承安之盛也。宣孝太子最高明绝人，读书喜文，欲变夷狄风俗，行中国礼乐如魏孝文。天不祚金，不即大位早世。章宗聪慧，有父风，属文为学，崇尚儒雅，故一时名士辈出。大臣执政，多有文采学问可取，能吏直臣皆得显用，政令修举，文治烂然，金朝之盛极矣。然文学止于词章，不知讲明经术为保国保民之道，以图基祚久长。又颇好浮侈，崇建宫阙，外戚小人多预政，且无志圣贤高躅，阴尚夷风；大臣惟知奉承，不敢逆其所好，故上下皆无维持长世之策，安乐一时，此所以启大安、贞祐之弱也。卫王苛忔，不知人君体，不足言。已而强敌生边，贼臣得柄，外内交病，莫敢疗理。宣宗立于贼手，本懦弱无能，性颇猜忌，惩权臣之祸，恒恐为人所摇，故大臣宿将有罪，必除去不贷，其迁都大梁可谓失谋。向使守关中，犹可以数世；况南渡之后，不能苦心刻意如越王勾践志报会稽之羞，但苟安幸存以延岁月。由高琪执政后，擢用胥吏，抑士大夫之气不得伸，文法梦然，无兴复远略。大臣在位者，亦无忘身徇国之人，纵有之，亦不得驰骋。又偏私族类，疏外汉人，其机密谋谟，虽汉相不得预。人主以至公治天下，其分别如此，望群下尽力，难哉。故当路者惟知迎合其意，谨守簿书而已。为将者但知奉承近侍以偷荣幸宠，无效死之心。幸臣贵戚皆据要职于一时，士大夫一有敢言敢为者，皆投置散地。此所以启天兴之亡也。末帝夺长而立，出于爱私。虽资不残酷，然以圣智自处，少为黜吏时全所教，用术取人，虽外示宽宏以取名，而内实淫纵自肆。且讳言过恶，喜听谀言，又暗于用人，其将相止取从来贵戚，虽不杀大臣，其骄将多难制不驯；况不知大略，临大事辄退怯自沮，此所以一遇劲敌而不能振也。大抵金国之政杂辽、宋，非全用本国法，所以支持百年。然其分别蕃、汉人，且不变家政，不得士大夫心，此所以不能长久。向使大定后宣孝得位，尽行中国法，明昌、承安间复知保守整顿以防后患，南渡之后能内修政令，以恢复为志，则其国祚亦未必遽绝也。尝记泰和间有云中李纯甫，由小官上书万言，大略以为"此政当有为日"，而当路以为迂阔，笑之。宴安自处，以至土崩瓦解。南渡后，复有以"机会宜急有备"为言者，而上下泰然俱不以为心。以至宗庙丘墟，家国废绝，此古人所谓何世无奇材而遗之草泽者也。

金银珠玉，世人所甚贵。及遇凶年则不及菽粟，何哉？事有先后，势有缓急也。平时富贵之家求一珠玉、犀象、玩好、器物，至发粟出帛惟恐其不得，将以充其室，夸耀于人以自乐者，皆是也。壬辰岁，余在大梁，时城久被围，公私乏食，米一升至银二两余，殍死者相望，人视金银如泥土，使用不计。士庶之家出其平日珠玉、玩好、妆具、环珮、锦绣衣衾，日陈于天津桥市中，惟博鬻升合米豆以救朝夕。尝记余家一毳袍，极致密鲜完，博米八升，金钗易牛肉一肩，趣售之。以是知明君贵五谷而贱金玉，诚知其本也。古人云："薪如桂，米如珠。"岂虚言哉。

文章各有体，本不可相犯欺，故古文不宜蹈袭前人成语，当以奇异自强。四六宜用前人成语，复不宜生涩求异。如散文不宜用诗家语，诗句不宜用散文言，律赋不宜犯散文言，散文不宜犯律赋语，皆判然各异。如杂用之，非惟失体，且梗目难通。然学者暗于识，多混乱交出，且互相诋诮，不自觉知此弊，虽一二名公不免也。

长于此者必短于彼，优于大者或劣于小。士君子穷处不能活妻子、免饥寒，及其得志，则兼济天下，使民物皆得所。太公困于鼓刀钓鱼，伊尹躬耕莘野，彼岂不能妄营财利，使生理优游邪？耻不为也。若夫韩淮阴，少年乞食漂母，人皆笑嗤。及为将，料敌制胜无遗策，卒能佐汉祖定天下，身享南面之乐。岂昔之拙而今之巧邪？材有所长，志有所不为也。因是以思吾侪，今日遭大变，遁于穷山荒野中，日惟糊口之不给，而不免有求于人，亦不足怪，但恨不能自渔樵、亲耕稼以自给，如古之人。彼穷居，妻子有愠言，乡人贱之，交游笑之，又何病也？理固然也。

国家养育人材当如养木，彼梗楠豫章之材，封殖之、护持之，任其长成，一旦可以为明堂太室之用。如或牛羊啮之、斧斤伐之，则将憔悴惨淡无生姿，或枯槁而死矣，又安能有干霄拂云之势邪？士大夫亦然。国家以爵禄导之、以语言使之，精神横出，材气得伸，锐于有为，然后得为我用。悦绳以文法，索过求瑕，为之则有议，言之则有罪，将括囊袖手，相招为自全计矣，国家何赖焉？余先君尝为言，如屏山之才，国家能奖养挈提使议论天下事，其智识盖人不可及。惟其早年暂欲有为有言，已遭摧折，所以中年纵酒，无功名心，是可为国家惜也。呜呼，自非坚刚不拔之志，超世绝伦之人，其遇忧患，遭废绌而不变易者，鲜矣哉。

传曰："人定亦能胜天，天定亦能胜人。"余尝疑之。试以严冬在大厦中独立，凄淡不能久居。然忽有外人共笑，则殊暖燠，盖人气胜也。因是以思，谓人胜天亦有此理。岂特是哉？深冬执爨或厚衣重衾亦不寒，夏暑居高楼，以冰环坐而加之以扇亦不甚热，大抵有势力者能不为造物所欺，然所以有势力者，亦造物所使也。

人之生有三乐：有志气之乐，有形体之乐，有性命之乐。夫事业、功名、权势、爵位，乐志气也；酒色、衣食、使令、车马，乐形体也；仁义、礼知、忠信、孝弟，乐性命也。虽然，事业、功名、权势、爵位，得时者之所有也；酒色、衣食、使令、车马，富厚者之所备也；惟仁义、礼知、忠信、孝弟，虽不得时、不富厚而于我皆具，盖穷士之所有也。今吾既不得时有志气之乐，又不富厚有形体之乐，居荒山之中，日惟藜藿之为养，其所享无一毫过于人，舍性命其何乐哉？

士之生于世，何其多品邪？有为公卿宰辅，以事业功名显于后代者；有虽居下位，不得柄用，犹能以节义自著者；又有浮湛闾里，应物持身，但以德善立名者；有放浪山林，草衣木食，以高洁自居者；有抒心文史，以著述吟讽有闻者；又有研精技艺，如阴阳、医药、卜筮、字画、绘画以名世者；又有纵酒放歌，废弃礼法，以乐其形体者；又有抑情去欲，炼身服气，以觊飞升者。要之各从所好，且有定数在，亦安能一其迹邪？今吾幼而苦学，及于齿壮，学虽初成，而未有所遇。今穷居草野，日惟衣食之不充，将为事业、功名而不可得。又非居位当言，且临事变可以立节义。愿服炼，以懒惰不能；放纵，以拘窒不喜。诸技艺皆非所专心。平生以经籍文翰自娱。顾后日穷达犹未可知，然则独守吾残编断稿者，犹未为痴计也。

予生壮年，其所历多矣：尝陪诸举子进取矣，亦尝偕诸朋友讲学矣，又尝视诸农夫耕获矣，又尝同诸少年嬉游矣，又尝诣诸王公贵人干谒矣。自非上为卿相，行经济之谋；下为仆吏，执奔走之役。其于世故无所涉。今而遭值乱离，屏居故山之下，回思向者之事，扰扰胶胶，于身无初少异，所谓如梦觉、如醉醒，而不见纤毫形迹。以此观之，百年之内亦可以默觉矣。而独区区虑衣食之不充，惧志意之不得，而不能乐天知命，坎止流行，与万物同始终，亦其学之不至也。哀哉！

三国时，士尚权诈，其间不为风俗所移者，陈寔、徐稚；魏晋间，士尚虚玄，其间不为风俗所移者，徐邈、卞壸。兹数人者，或以道德显，或以节行闻，或以智量称，或以风义著。行身立志卓尔不群，皆豪杰之士也。

予尝观《道藏》书，见其炼石服气以求长生登仙，又书符咒水役使鬼神为人治病除祟，且自立名字、职位云。主管天条而斋醮祈禳，则云能转祸为福。大抵方士之术，其有无谁能知？又观佛书，见谈天堂、地狱、因果、轮回，以为人与禽兽无异。且有千佛万圣，异世殊劫，而以持诵、布施则能生善地。大抵西方之教，其有无亦谁能知？因思吾道，天地日月照明，山河草木蕃息。其间君臣、父子、兄弟、夫妇，礼文粲然，而治国治家焕有条理。赏罚纤陟立见，荣辱生死穷通，互分得失，其明白如此，岂有惑人以不可知之事者哉？而世之愚俗，徒以二氏之诡诞怪异出耳目外，则波靡而从之，而饮食起居日在吾道中而恬不自知，反以为寻常者，良可叹也。呜呼，愚俗岂可责邪？而士大夫之高明好异者往往为所诱，不亦悖哉！

举世之人日奔走经营，惟以衣食为事。士君子则安闲乐道，不以衣食为忧。举世之人所畏者，饥寒、患难、死亡。士君子则于饥寒、患难、死亡无所畏，使道义充于中。虽明日饥而死，无歉于天地。使行不义而动非礼，虽贵于王公，富积千金，而内以愧于心，外以怍于人。然则士君子之所为所守，诚举世之人所背而驰者也。使俗人笑其迂而议其拙也宜哉。

卷十三

吾在南方时，从父母仕宦，家资颇温；而吾则专心于学，生事不一问。食未尝不肉也，寝未尝不帷也，出游未尝无车马也，役使未尝无僮仆也，然不知温饱安逸之味也。今遭丧乱，归故山，四壁萧然，日惟生事之见迫。食或旬日无醯醢，及一得之，则觉其甘。寝或终夜无衾裯，及一得之，则觉其暖。出或徒行无驴，及一得之，则觉其便。居或汲爨无人，及一得之，则觉其泰。乃知夫温饱安逸者，世之人亦未易得，然向之所得犹不足也，惑矣。因思一时富贵权势之人，生长纨绮中，或不遭患难摧折至老者，非惟不知稼穑之艰难，流于奢淫以蠹国病民，抑又不知世间温饱安逸之正味为不少，可胜叹哉！吾故以自尝试者述之，可为得志者戒。

窃尝考自古士风之变，系国家长短存亡。三代以前，其风淳质、修谨不必言。三代以后，世衰道丧，士大夫惟知功利为上，故争尚权谋。战国间游说从横之流，已而变为刑名掊刻，以法律控持上下，失士庶心，以至焚书坑儒，毒流四海。汉兴，其风稍更变，多厚重长者，然其权谋法律者犹相杂。迨至武帝，天下混同，士风一变，以学问为上，故争尚经术文章，一时如公孙弘、董仲舒、二司马、枚乘之徒出，文物大备。元、成以来，经术之弊皆尚虚文，而无事业可观，浮沈委靡，以苟容居位，匡衡、贡禹、孔光之流重以诡谀，故权臣肆志，国随以绝。东汉之初，人主惩权臣之祸，以法令督责群臣，群臣惟知守职奉法无过失。及桓、灵之世，朝政涽乱，奸臣擅权，士风激厉，以敢为敢言相尚，故争树名节。袁安、杨震、李固、杜乔、陈蕃之徒抗于朝，郭泰、范滂、岑晊、张俭之徒议于野，国势虽亡，而公议具存，犹能使乱臣贼子有所畏忌。已而诸豪割据，士大夫各欲择主立功名，如荀攸、贾诩、程昱、郭嘉、诸葛亮、庞统、鲁肃、周瑜之徒，争以智能自效。晋初，天下既一，士无所事，惟以谈论相高，故争尚玄虚。王弼、何晏倡于前，王衍、王澄和于后。希高名而无实用，以至误天下国家。南渡之后，非有王导、谢安辈稍务事业功名,其颓靡亦不可救矣。宋、齐、梁、陈,惟以文华相尚、门第相夸,亦不足观,故国祚亦不能久。唐兴,士大夫复以事业功名为上,贞观诸人有两汉风,其权谋、经术、文章、名节者错出间立,故唐一代人材最多,其扶支国势亦至三百载。及其乱也,死节者相望。五代之间亦无可取。宋初,士大夫复驰骋智谋。厥后混一,其风大变,经术、文章不减汉、唐,名节之士继踵而出。大抵崇尚学问,以道义为先,故维持国家亦二百载。虽遭丧夺,尚能奄有偏方。大抵天下乱,则士大夫多尚权谋、智术,以功业为先;天下治,则士大夫多尚经术、文章、学问,以名节为上。国家存亡长短随之,亦其势然也。

予平生有二乐:曰良友,曰异书。每遇之则欣然忘寝食。盖良友则从吾讲学,见吾过失,且笑谈游宴以忘忧。异书则资吾见闻,助吾辞藻,属文著论以有益。彼酒色膏粱如一时浮云,过目竟何所得哉?

肥浓甘脆,世所共珍,使饱而遇之,则食如泥土;藜藿葵荠,世所共贱,使饥而遇之,则食如饴糖。乃知贫穷之士自乐,富贵之人亦有苦。是则我辈区区以空乏为忧,亦悖矣。

国之不可治,犹可以治其家;人之不能正,犹能正其身。使家之齐而身之修,虽隐居不仕犹可谓得志。故吾尝曰:"虽天下未太平,而吾一家独不可太平乎?是诚在我者也。"

昔人云:"借书一痴,还书亦一痴。"故世之士大夫有奇书多秘之,亦有假而不归者,必援此。予尝鄙之。以为君子惟欲淑诸人,有奇书当与朋友共之,何至靳藏,独广己之闻见?果如是,量亦狭矣。如蔡伯喈之秘《论衡》,亦通人之一蔽,非君子所尚,不可法也。其假而不归者尤可笑,君子不夺人所好,"己所不欲,勿施于人",岂有假人物而不归之者耶?因改曰:"有书不借为一痴,借书不还亦一痴也。"

夫诗者,本发其喜怒哀乐之情。如使人读之无所感动,非诗也。予观后世诗人之诗,皆穷极辞藻,牵引学问,诚美矣,然读之不能动人,则亦何贵哉?故尝与亡友王飞伯言:"唐以前诗在诗,至宋则多在长短句。今之诗在俗间俚曲也,如所谓《源土令》之类。"飞伯曰:"何以知之?"予曰:"古人歌诗,皆发其心所欲言,使人诵之至有泣下者。今人之诗,惟泥题目、事实、句法,将以新巧取声名,虽得人口称,而动人心者绝少,不若俗谣俚曲之见其真情而反能荡人血气也。"飞伯以为然。

"六经"中莫难穷者《易》,莫难断者《春秋》,故予三十而学《春秋》,以其壮而立志也。四十而学《易》,以长而多练事也。

余祖沂水君尝训子孙曰:"士之立身如素丝然,慎不可使点污,少有点污则不得为完人矣。"屏山称之,以为名言。其作墓表也亦备载云。

老子之书,孔子尝见之矣,而未尝论其是非。孟子亦尝见之矣,而未尝言。若庄子与孟子同时,其名不容有不相知,而亦未尝有一言相及。而孟子所排者,杨、墨、仪、秦。庄子所论者,孔、颜、曾、史。至于扬子始论老、庄得失,韩子则盛排之,何哉?夫老、庄之书,孔、孟不言,其偶然邪?其有深意邪?扬子排之,其得圣人微意邪?其与圣人异见邪?文中子一世纯儒,其著述动作全法圣人,虽未能造其域,亦可谓贤而有志者。遗书在世,韩子亦不容不见之,而未尝比数于荀子之列,其意以为无足取邪?其偶然邪?至李翱则比诸世所传《太公家教》,以为无辞而粗有理,亦轻之矣。司马君实则论其失而取其长,为作补传。而程伊川则以为其议论尽高,有荀、扬道不到处。诸公皆名世大儒,而异同如此,皆学者所当深究也。

司马君实作《文中子补传》,怪《隋书》不为文中子立传。而其子弟云凝为御史,尝弹侯君集,君集与长孙无忌善,以此王氏不得用,其修隋史者乃陈叔达、魏征,畏无忌,故不为立传。君子曰:"叔达固畏无忌,征岂以畏无忌故掩其师名邪?"以是为疑。余尝思,使征辈诚文中子门人,其不为立传亦自有深意。将非以既拟其师以圣人,欲列于传,恐小之,欲援《孔子世家》之例,而《隋书》无他世家,且恐时人议,故皆不纪。以为其师之名不待史而传乎?如此然,未可知也。

余读《书》至《汤誓》、《汤诰》及《泰誓》、《牧誓》,观汤武伐桀纣之际,谕众诲师无不以天为言。如曰"夏氏有罪,予畏上帝","尔尚辅予一人,致天之罚"。"天道福善祸淫,降灾于夏"。"肆台小子,将天命明威,不敢赦","上天孚佑下民,罪人黜伏","俾予一人,辑宁尔邦家"。"今商王受弗敬上天,降灾下民","皇天震怒,命我文考肃将天威","商罪贯盈,天命诛之。予弗顺天,厥罪惟钧"。"惟天惠民,惟辟奉天"。"天其以予乂民","戎商必克"。"商王受自绝于天,结怨于民","尔其孜孜,奉予一人,恭行天罚"。"今予发,惟恭行天之罚"。大抵以桀、纣为恶逆天,天绝之。我则诛恶救民,为顺天,且若阴受上天之命而行者。嗟乎!圣人之心则天心也,天之心则圣人心也。天之所绝,圣人则绝之;天之所与,圣人则与之;初无一毫异,有以见圣人以天自处也。非徒以天自处,其理诚一也。故当是时为圣人者,权其轻重,计其公私,而不暇顾其君臣之分。彼桀、纣所行诚顺天邪,吾则事之。诚逆天邪,吾则去之。其事其去,皆与天合。既去彼而求其为天下主者,舍己其谁哉?故践位而代之不辞,而天下翕然亦无异议。要之,所行者天也。又岂有歉然于心邪?其曰"惟有惭德,予恐来世以为口实"者,惧后之人臣不知天理、妄干天位者援以为例耳,亦惧浅学之士求其名而遗其实者耳。岂真有"惭德"邪?然则后之君子犹以臣伐君为疑者,陋矣。彼汤、武之心,求知于天而不求知于人者,可见矣。或者曰:"然则莽、操之取汉,司马氏之取魏,若以天为言亦可乎?"曰:"不然。彼汉、魏之政,如桀、纣乎?莽、操、司马氏之法,如汤、武乎?有汤、武之圣,遇桀、纣之恶,然后可以言受天命,否则,徒为篡逆而已。"

吾道盛衰自有时。吾尝考之,如循环相乘除也。周衰,诸侯不礼士。至战国,则魏文侯、燕昭王辈拥篲筑台,师事焉。继以始皇坑儒之祸。汉末,藩侯不礼士,而光武则安车蒲轮征聘焉。继有桓、灵党锢之事。唐朝士大夫往往为将相,有势位,后有白马之灾。宋兴,内外上下皆儒者显荣,至宣、政极矣,至于金国,士气遂不振。而今日困顿摧颓亦何足怪?但我辈适当此运者为不幸耳。虽然,穷、达一也,又何叹也。

贤人君子得志,可以养天下,如不得志,天下当共养之。

分人以财,有时而尽;分人以善,百世不磨。

　　凡将迎交接之际,礼貌、语言过则为谄、为曲;不及,则为亢、为疏,所以贵乎得中也。如或失中,与其谄也宁亢,与其曲也宁疏。

　　张平章万公父弥学座右铭有云:"欲求子孙,先当积孝。欲求聪明,先当积学。"此至言也。

　　为善而遇灾屯困窘者,命也,非分也。为恶而遇灾屯困窘者,分也,非命也。为善而得富贵亨达者,分也,非命也。为恶而得富贵亨达者,命也,非分也。命、分之理,惟识者为能辨之。

　　夫欲心不死,道心不生。若欲安时任命,著书立言,发前人所未见,成后世之大名,惟忘富贵利达外物可也。

　　宁使敬而疏,毋使狎而亲。人敬而疏,不失为端士;人狎而亲,恐流而为小人。独不见冰雪与脂韦乎?其所喻何如?

　　厚于道味者,必薄于世味;厚于世味者,必薄于道味。士君子苟不为世味所诱,何名之不成,何节之不立哉?士大夫多为富贵坏了名节。吾尝为柳子厚、元微之之徒惜也。挤却死亡、贫贱,便做出好公事来;不然,终不能有所立。

　　富贵爵禄,世人所共嗜,故忘身屈节而徇之。惟君子视之为外物,得失付之自然。苟与世人同,安得为君子?

　　求合于圣贤,必不合于世俗。必欲与世俗合,则于圣贤之道远矣。同于古,必不同于今。苟欲富贵与道义兼,宁有是理?是则忖己之所趋向嗜好,又何慅乎贫贱哉?以此自思,便安。

　　士君子得志可以济天下,不得志不能活一身。故子思居卫,缊袍无里;荣公七十,带索无依。近世陈无己妻子常寄妇翁家,诚不肯非义而取也。

　　马援书诫兄子,使之效龙伯高,无效杜季良,所为则善矣。虽然,杜季良仇人讼书引援诫为证,竟免官,而梁松、窦固因之被难,梁松由是恨援,死后构陷,至妻子不敢归葬。若是,则初时戒子侄好议论人长短,而不知先以此陷于祸也,悲夫。

　　保养乎身,勿以寿夭委之天;勤俭乎家,勿以有无付之命;强勉乎政,勿以否泰归之时;忠爱乎君,勿以昏明托诸上。此所谓先尽人事后言天道,先尽其在己者,在人者初不计也。定心之法,莫善于此。

凡事,宁失之缓,勿失之急;宁失之不及,无失之过。急者,古人以为病。前辈有云:"优柔和缓。"又云:"天下事孰不因忙后错了?曷尝令君缓不及事?"宜深思之。

附录:游龙山记 麻革

余生中条王官五老之下,长侍先人,西观太华,逦迤东游洛,因避地家焉。如女几、乌权、白马诸峰固已厌登,饱经穷极幽深矣。革代以来,自雁门逾代岭之北,风壤陡异,多山而阻,色往往如死灰,凡草木亦无粹容。尝切慨叹南北之分,何限此一岭,地脉遽断,绝不相属如是邪?越既,留滞居延,吾友浑源刘京叔尝以诗来,盛称其乡泉石林麓之胜。浑源实居代北,余始而疑之。虽然,吾友著书立言蕲信于天下后世者,必非夸言之也,独恨未尝一游焉。今年夏,因赴试武川,归道浑水,修谒于玉峰先生魏公。公野服萧然,见余于前轩。语未周浃,骤及是邦诸山,若南山,若柏山,业已游矣。惟龙山为绝胜,姑缺,兹以须诸文士同之。子幸来,殊可喜。乃选日为具,拉诸宾友骑自治城西南行十余里抵山下。山无麓,乍入谷,未有奇。沿溪曲折行数里,草木渐秀润。山辣出,崭然露芒角,水声锵然鸣两峰间,心始异之。又盘山行十许里,四山忽合,若拱而提、环而卫者。嘉木奇卉被之,葱蒨酴郁。风自木杪起,纷披震荡,山与木若相顾而坠者,使人神骇目眩。又行数里,得泉之泓澄淳潴者焉,泆出石罅,激而为迅流者焉。阴木荫其颠,幽草缭其趾。宾欲休,咸曰:"莫此地为宜。"即下马,披草踞石列坐。诸生瀹觞以进,酒数行,客有指其西大石曰:"此可识。"因命余。余乃援笔,书凡游者名氏及游之岁月而去。又行十许里,大抵一峰一盘,一溪一曲,山势益奇峭,树木益多,杉、桧、栝、柏,而无他凡木也。溪花种种,金间玉错,芬香入鼻,幽远可爱。木萝松鬣,罥人衣袖。又萦纡行数里,得冈之高遽,陟而上,马力殆不能胜。行茂林下,又五里,两岭若岐,中得浮屠氏之居,曰大云寺。有僧数辈来迎,延入,馆于寺之东轩。林峦树石,栉比楯立,皆在几席之下。憩过午,谒主僧英公,相与步西岭,过文殊岩。岩前长杉数本挺立,有磴悬焉。下瞰无底之壑,危峰怪石,巉岏巧斗,试一临之,毛骨森竖。南望五台诸峰,若相联络无间断。西北而望。峰豁而川明,村墟井邑,隐约微茫,如弈局然。徜徉者久之,贪缘入西方丈,观故侯同知运使雷君诗石及京叔诸人留题。回,一作"遍"。乃径北岭,登萱草坡,盖龙山绝顶也。岭势峻绝,无路可跻。步草而往,深弱且滑甚,攀条扪萝,疲极乃得登。四望群木,皆翠杉苍桧,凌云千尺,与山无穷,此龙山胜概之大全也。降,乃复坐文殊岩下,置酒小酌。日既入,轻烟浮云,与暝色会。少焉月出,寒阴微明,散布石上。松声翛然,自万壑来。客皆悚视寂听,觉境愈清、思愈远。已而相与言曰:"世其有乐乎此者与?"酒醮，谈辩蜂起，各主其家山为胜。如郭主太华，刘主兹，余主王官五老，更嘲迭难不少屈。玉峰坐上坐，亦怡然一笑，诗所谓"善戏谑兮，不为虐兮"者，政如是也。至二鼓，乃归卧东轩。明旦复来，各有诗识于石。迨午，饭主僧丈室。已乃循岭而东。径甚微，木甚茂密，仅可通马行。又五里，至玉泉寺，山势渐颇隘，树木渐稀阔，顾非龙山比。寺西峰曰望景台，险甚。主僧导客以登，历嵚崟，坐盘石。其傍诸峰罗列，或偃或立，或将仆坠，或属而合，或离而分，贾奇献异不一状。北望川口最宽肆，金城原野，分画条列，历历可数。桑乾一水，纡绕如玦，观览旷达，此玉泉胜处也。从此归，路崄不可骑，皆步而下。重溪峻岭，愈出愈奇，抵暮乃得平地，宿李氏山家。卧念兹游之富与夫昔所经见而不能寐，若太华之雄尊，五老之巧秀，女儿之婉严，乌权、白马之端重，兹山固无之。至于奥密渊邃，树林荟蔚繁阜，不一览而得，则兹山亦其可少哉？人之情，大抵得于此而遗于彼，用于所见而不用于所未见，此通患也。今中书令湛然公纪西域事称金山之秀，李子微贻友书论和林之胜有过于中州者，不知天壤之间、六合之内，复有几龙山也。因观山，于是乎有得：徒以文思浅狭，且游之亟，无以尽发山水之秘。异时当同二三友幅巾藜杖，于于而行，遇佳处辄留。更以笔札自随，随得随记，庶几兹山之仿佛云。己亥岁七夕后三日，王官麻革为之记。同游者。

续录　按：刘祁《神川遁士集》二十二卷，已失传。偶得遗文一篇，录附于后。

书证类本草后

余读沈明远《寓简》，称范文正公微时，慷慨语其友曰："吾读书学道，要为宰辅。得时行道，可以活天下之命。时不我与，则当读黄帝书，深究医家奥旨，是亦可以活人也。"未尝不三复其言，而大其有济世志。又读苏眉山《题东皋子传后》云："人之至乐，莫若身无病而心无忧，我则无是二者。然人之有是者接于予前，则予安得全其乐乎？故所至常蓄善药，有求者则与之。而尤喜酿酒以饮客。或曰：'子无病而多蓄药，不饮而多酿酒，劳己以为人，何哉？'予笑曰：'病者得药，吾为之体轻；饮者得酒，吾为之醺适。岂专以自为也？'"亦未尝不三复其言而仁其用心。嗟乎，古之大人君子之量何其宏也！盖士之生世，惟当以济人利物为事。达，则有达而济人利物之事，所谓"执朝庭大政，进贤退邪，兴利除害，以泽天下"是也；穷，则有穷而济人利物之事，所谓"居闾里间，传道授学，急难救疾，化一乡一邑"是也。要为有补于世、有益于民者，庶几乎兼善之义。顾岂以未得志也，未得位也，遽泛然忘斯世而弃斯民哉！若夫医者，为切身一大事，且有及物之功。语曰："人而无恒，不可以作巫医。"又曰："子之所慎，斋、战、疾。"康子馈药，子曰："丘未达，不敢尝。"余尝论之，是术也，在吾道中虽名为方伎，非圣人贤者所专精，然舍而不学，则于仁义忠孝有所缺。盖许世子止不先尝药，《春秋》书以弑君，故曰为人子者不可不知医，惧其忽于亲之疾也。况乎此身受气于天地，受形于父母，自幼及老，将以率其本然之性，充其固有之心。如或遇时行道，使万物皆得其所，措六合于太和中，以毕其为人之事，而一旦有疾，懵不知所以疗之，伏枕呻吟，付之庸医手，而生死一听焉，亦未可以言智也。故自神农、黄帝、雷公、岐伯以来，名卿、才大夫往往究心于医。若汉之淳于意、张仲景，晋之葛洪、殷浩，齐之褚澄、梁之陶宏景，皆精焉。唐陆贽斥忠州纂集方书，而苏、沈二公良方至今传世。是则吾侪以从政、讲学余隙而于此乎搜研，亦不为无用也。余自幼多病，数与医者语，故于医家书颇尝涉猎。在淮阳时，尝手节《本草》一帙，辨药性大纲。以为是书通天地间玉石、草木、禽兽、虫鱼万物性味，在儒者不可不知。又饮食、服饵、禁忌，尤不可不察，亦穷理之一事也。后居大梁，得闲闲赵公家《素问》善本，其上有公标注，黾缘一读，深有所得。丧乱以来，旧学芜废，二书亦失去。尝谓他日安居，讲学、论著外，当留意摄生。今岁游平水，会郡人张存惠、魏卿介、吾友弋君唐佐来，言其家重刊《证类本草》已出，及增入宋人寇宗奭衍义，完焉新书，求为序引，因为书其后。　己酉中秋日　云中刘祁云

游 西 山 记

余髫乱间，尝闻先大人言："龙山之胜甲乡山。"时幼，未能往。其后在南方，北望依依，每以为歉。甲午岁还浑水。明年秋八月，释菜于先圣。越明日，拉友人河阳乔松茂寿卿、云中刘偕德升，暨弟郁同游。初出西城，日方中，望西山而行。一二里，涉水。又前七八里，至李谷。谷在永安山下，流波古木相交。仰视之，秋色如画。稍东，山之腋，见厓间一抹碧，尤佳。村民曰："此麻汇也。"予与二三子杖而诣，步渐高，并路旁水声铿铧数股。涉水，行乱石间。里余，忽见青松绿杨荟蔚中，凿厓而屋。既至，有僧居，因共坐西轩，望平原诸峰横立，南顾永安山，岧嶤独雄尊。斜日秋烟，混荡百里。迫暮，留诗而回。夜宿李谷。迟明，上永安山。初入谷，路甚艰，两崖夹峙峭峻，其石皆跨谷萦路，诡怪若坐卧起立。且时闻水声，盘折而上，足栗目荒。前二三里，忽见一峰，突兀孤高，树色青黄红紫间错，晓日映之锦鲜。东，诸小峰侧列相附。又东，一岭独岚翠无日气，真惆怅间，诸人喜快咏诗，步益健。又前数百步，峰转境又佳，遂各坐大石，且止青桧影中。石有苔华涵渍，绣文缕缕可爱。因相与俯视川野，倚树浩歌。又前数十步，忽闻有声如风雨震山，又如千人喧笑不已。逼视之，乃流泉一派，自山下入绝壑，穿林络石，雪练飞逐，伫听久。前至烈风厓，厓险特。盖两峰最高，苍藤赭蔓蒙蒭，下有泉源。诸人相谓曰："此境绝不可不志。"即手泉研石各题诗。又前数步，路益险，见西厓间复有泉出，流大石上。树影交罦，声锵锵，微风吹散，珠琲四落。余曰："此石名琴泉。"又赋诗。又前几二三里，树木丛阴中，殿阁屹然

四五所，盖玉泉寺也。路侧皆暗泉行草间，沥沥如人语言。或者披草掀石，决其源方去。既入寺，寺宇岁深，且经乱，多摧毁。厨堂钟阁雨崩草翳，僧寮多坏址。独万圣殿完丽可观。殿中金碧璀璨溢目，又有石罗汉像数百，击之铿然，亦奇致。晚憩僧舍，其舍盖余儿时从大父避乱所居。追维旧事，为之恻怆。起寻玉泉，泉在西南石厓下，如井厓间，枝溜滴沥。络莓苔上，有古树覆荫，颇阴肃。因留题殿壁，纪予今昔游。诸人亦备诗其后。南上祖堂，堂绝高。北望神州在掌上，城邑如棋局。东则岳神山如屏，青松翠柏间，隐隐有楼观。南则群山逶迤，高下浅深异姿，秋叶古林色明艳，斜阳照灼，金紫满山。堂后有径上山巅，余纵步独往，径狭而危，扪萝以前。望峰端树不明，度其境必异，锐进百余步，困惫，又皆落木梗路，遂回，然终以为恨。北过法堂，观维摩像，堂亦倾漏不完。天曛，入僧舍。既夜月出，清寒逼人。予与诸人散步檐外，见峰峦峷崒，树木阴森，禽声嘲哳相应答。仰视星斗磊落，与人近。嫮然天地，如在玉壶中。又相与啸咏，约二更，方就寝。诘旦，出户，见白云数缕出东山，延布南岭上，状如飞龙，蜿蜒山中。露气萧爽，回念尘域，恍如梦间。利火名膏，销铄净尽。复往祖堂，川原浮蔼苍茫，城中青烟万道。俄而溟洞弥漫，莫能辨。须臾，日出东岭，红霞青云属联，满山草木光炯炯，丛石峭壁，呈奇献异，欲动摇如生。乃率二三子登北台，台并绝顶支一峰，缘厓百余步方至。回观大山峭拔，则蜡然草树红碧，点缀班驳。西顾诸峰，如彩楼相蔽亏，阳光阴气，晦明不一。北望平原百里，际北岭外。云中城阙屠屠如锥金成，浑、源二郡及诸村落若盘盂罗列，田畴若龟甲开张。涧波数处，若缺镜裂素散掷。微云薄雾乍起乍伏，若鲜衣轻袂婆娑。又相与赋诗赏叹。粥余，别寺僧，游龙山。路自西南，往穿枯木翠蔓间。里余，遇山脊，恍然异世也。俯视重峰复岭，秋物烂斑，且目极皆山，无平地。厓左折，径稍夷。厓上多大石，或人立，或兽呀，或禽翔，或鬼攫，森竦可畏。前至大林，林皆青黄红紫，相间栉密。时时逢怪石睆路，状诡异。山风飚至，叶落如雨，触石覆面，濛濛飞岚走翠，隐映林影中，旋变灭。又三四里，林穷，有平冈数亩可田，下有泉北流。又入林，益西三四里，大木翳空蔽日，树底有暗泉，蒙榛败叶，萦渍微有声。厓转而南，忽见龙山寺，乾机坤秘，骈露叠开，四面诸峰如踊跃相跂。大殿在山腹，丹碧湮摧。云堂影室，在殿西檐，牖亦圮。然其规制宏且邃，依然南俯深涧，涧外皆山相联。下有大林，杳窈望莫际。遂缘石磴上，方丈大室三楹，极整鲜。西有一径，入树阴中百余步，至文殊殿。殿在孤峰上，号舍身厓，神像精致妙绝。远望千岩万壑，络绎参差，树叶日光，烂然五色，虽巧笔妙手不能图且绣，盖其雄丽冠龙山。阑外石如掌平，其首骞，下窥，黝黪无底。南则清凉山、五台历历，且遥见代郡川。西则鄯阳、马邑诸诚，皆微茫可数，诸人叹息久之。稍北往西，方丈室在峭岩下，悬柱而修，旁视讶且恐。室中读雷少中诗石刻，盖予从大父洺州君所书。又有予从父怀远君诗在壁。其南境物不减文殊殿。斯须，过钟楼，出方丈后，上萱草坡。寺僧云："每当秋夏交，万花被坡锦绣堆，花多金莲，如灯照山谷。又萱草无数，故以云，又号百花冈。"惜余来暮，不得见。绿坡草滑，步旋颠。既上，立大木间，东望峰峦奇秀。又南数步，至山巅，旷荡开廓，千里目中，秋容苍然，群山齿立，盖天下绝境也。下瞰西方丈在厓中。又有大石突空出，德升独踞而歌，余栗不能往。忽闻有声如雷震，在文殊殿西，游氛飚起，疑霹雳出硐底，诸人骇焉。后问之寺僧，乃大木落也。礧磈移时，片云突涌垂空，恐雨作，乃下。饭余，往西岩。岩在西方丈西，数峰如崭截，岧嵬磊砢相倚，仰观凛凛褫人神。下有屋三楹，幽洁。前有大石，石上有大树，阴翳翳，其境物大概如西方丈前。忽见浮阴四合，微雨落。又飞云汹涌上走，腾腾然，诸人皆在云气中，只尺相失。未几，夕日出，光景鲜明，余云变化半阴晦。暮归方丈，见白云缥缈，如帷幔数十幅，自文殊殿东南来，奔马莫能追。其间树彩厓姿，披露闪烁，怪丽甚。山风摆荡，林木骇人，若天地轰磕开震矣。夜宿方丈东轩。未寝，开门，月在空，阴氛已开。岩峦树木、殿阁相映，颇悸竦。予行吟轩外，几夜半方眠。自觉襟怀萧洒，意气雄壮，如神仙中人也。晓阴复合，予独曳杖复往文殊殿，云光雾色，冲突勃郁如元气中。西望川原，莽苍不可见。西岩、西方丈皆为烟雨晦藏。秋风怒号，疑鬼神交战。青林红叶隐映，乍有无。余叹曰："生年三十，局促城市间，不意今朝见天地伟观！"以寒甚，不能久留，乘云气而回。迨雨止，复与诸人往西岩、西方丈题诗，且谈笑良久。时日已中，别寺僧而归。复过云堂，见梁秀岩瑀诗，字画亦美。遂由旧路东北往。林间残雨滴衣，岚气烟霏，交走横骛，皆眷恋不忍去，因共作龙山诗。又恐雨复作，仍迟疑，忽见平川，晴色烂然。行至水窟，路益北，一二里，出林。四望龙山脊，巍峻与天角。又数十步，忽见高厓峭壁，扶裂分张，日光中映，如泼黛、如接蓝。厓间有水光，炯然如剑出匣射日，四山树叶炫人。余与二三子健跃叹赏，又作诗以纪之。自此，无深林大木，行黄花红叶中。又二三里，行甚苦，扳援方能进。忽见孤峰嵌天，峰上碕，攒拥牙角，口鼻轩轩。下一峰脢出如剑，诸人不觉失声称奇，又作诗纪之。回顾诸峰，千态万状，不可殚纪。路益下，三四里至神谷。谷中有泉出石罅，浪然其流，散漫出山外。厓东有神祠，祠边有树。余与二三子憩祠下，题诗。天已暮，月上，随水声行。又里余，方出谷。又涉水乘月往，咸谋宿野寺中。明旦，别寿卿，予三人归浑水。乌乎，余生山水间，故有乐山水心。然南游二十年，所居皆通都大邑，无山林，尝迫狭不自得。今因北归，得游历故山，可胜快哉！况干戈未已，栖隐为上。行当结屋山中，览天地变化之机，而又读书足以自娱，著书足以自奋，浩歌足以自适，默坐足以自观。逍遥涧谷，傲睨云林，与造化为徒，与烟霞为友，虽饭蔬饮水，无愠于中。振迹宽心，可以出一世之外，又何必高车大盖、驷骑满前,方为大丈夫哉?因记。

游林虑西山记

癸卯之冬十月,祁自苏门徙居相台。明年秋八月,玉峰魏公自燕赵适东平,遂登太山,拜阙里。将北归,过相台,会公谓祁曰:"吾闻太行之秀曰黄华,曰洪谷,尔其从我一游乎?"祁曰:"诺。"初出安阳郭西四十里,渡洹水,俗号安阳河,夕宿辅岩邑馆。翌日,同邑中士人尊酒坐池上。池有数泉薵沸,如玻璃盆涌出万珠。柳阴映翳,颇萧洒。南谒宋韩谏议坟,魏公琦父也,坟皆老柏参天。碑有楼,文则富郑公弼撰,王岐公珪书,皆完具。旁有浮屠号孝亲院,石刻魏公所建。院规制宏敞,柱皆文石,佛像如新。茶坐西寮,彷徉竟日。迟明西上,路皆坡陁冈阜,间以树林。行几四十里,过马店,望林虑诸山,若蚁尖、若黄华、若天平、若洪谷,齿立。玉峰马上笑谈,喜见颜色。前涉横水,水旧有石桥,甚巧丽,今圮坏纷然。晡至林虑山,横峙天西,如城壁相衔,争雄角锐,泼黛凝青,而高下险夷不一。玉峰曰:"昔人称林虑名山,信哉。"暮会邑中士大夫,皆曰:"游当自黄华始,且北而南可也。"明日,遂出北城,邑人张君佩玉偕往。西北约二十里,入槲林。林行一二里入谷。两厓夹径,径并东厓,大石鳞差,马足行甚艰。下皆绝壑濲洞,树木翁郁,水声潺潺,使人耳目翛然。前观山势峭拔奇伟,不觉失声叹异。又一里余,厓豁地平,丛竹如云。竹中堂殿茅亭数处,乃黄华古禅刹也,今为老氏居。道士数辈来迎,解鞍坐览,乐甚。殿之石柱,刻宋人题名及张相《天觉赋》、《高欢避暑宫》诗。诗云:"南北纷纷似弈棋,高王霸业起偏裨。情知骑虎非安计,岂是青山避暑来。"音黎。因忆王翰林子端《游黄华诗》,盖此寺废已久,王诗云:"王母祠东古佛堂,人传栋宇自隋唐。年深寺废无人往,满谷西风栗叶黄。"饭余,屏骑乘,杖屦以西,涉小溪。行约一二里,山益奇,巅峰崿岫,回互掩映千万状,不可纪。山端有小峰抉出如立指,号仙人峰。遇佳处,辄坐树下石,听流泉玉漱,乌语鹰人。回视向来尘土中,便如隔世。又前数武,地平可耕。厓腋有草庵,且阑篱种菜芋,亦道士舍。西上,路浸高。又二里余,陟峻阪,号公主关,有厓,号梳洗楼。意其为前代帝子游衍迹。汉武帝女弟封隆虑公主,岂此邪?坂皆巨石,若为堡砦摧裂。无蹊径,扪萝以登。又里余,路穷,大岩合,若环屏幛。稍南,孤峰削成,拔地划出,号挂镜台。台西树林间,望山脊玉虹蜿蜒下垂,摇曳有声。迫视之,悬泉也。相与暗吒,因列坐台趾方石纵观,盖泉自石门而下,初势甚微,已而散布半空,特诡异。其始来也,如飘风扇雪,弥漫一天。少焉,如骤雨落云,淋漓万壑。或如飞练千尺,腾掷不收;又如珠帘百幅,联翩下坠。乍散乍聚,乍缓乍急,乍去乍来,乍巨乍细,霏微滴沥,溅面洒饥,浩荡铿锵,惊心动魄。可以起状志,可以醒醉魂,可以洗尘纷,可以平宿愤,亦天下伟观也。下潴为潭,澄泓湛碧,冰莹镜明,向之水声,皆其流派。迨出山而浟,不知其所往,此又异也。步至岩东北,有大龛如列屋,可坐数十人。寻绎昔人题名在龛壁,玉峰健叹,以为东游未尝见此。移时,缅怀赵武灵王登黄华之上,与肥义谋胡服骑射,教百姓以强其国,亦一时雄杰。张君曰:"泉之上有路平坦,直抵天平。望绝壁有石窍,曰青龙洞尾,盖门在天平也。其中暗黝多水。东北有高欢避暑宫殿,址尚存,且有碑。"以路绝,不能到。又曰:"高欢葬此山石岩中,铁索纫其棺。尝有人见之。"祁旧读司马氏《通鉴》云:"高欢薨,虚葬漳水西,潜凿成安鼓山为穴,约其枢而塞之。"盖距此不远,与所传小异。张又言,此山佳处甚多,惜不能遍历。日斜,由旧路而东。石壁而堂,石像浮屠精致。行三四里,路忽分,张云:"由南而往殊胜。"厓转三潭,瀸出大石间,相通,号叠研。皆流泉所潴,细流布石上,萦纡明澈。潭水□□黝碧,云有蛟龙居。共坐潭侧啸咏,仰山俯泉,极快惬。南有古祠破裂,号王母祠。祠壁石刻云:"仙人王津葬母于此。"号仙人冢。土人祠以祈福。祠前有大木九,今余一焉。赵嶫、阎光弼来游,赵镇侍行,盖宋宣和间人也。字画亦不凡。东有龙祠,颇整完,中有石刻纪异。南则地复旷阔。行荒榛蔓草中里余,复抵寺舍。会日已暮,骑出山,顾念胜游,如在天上。归而寝,不寐。明发,邑中士大夫宴集,作一日留。会姚公茂诸君南来,相约同游铦谷。日昃,出南城三十里,入槲林,林比黄华颇大。林行四五里入山,路比黄华颇夷,谷亦旷,树木繁巨,水声比黄华差小。渡溪至宝岩寺,寺在竹间,旧有名刹,冠一方遭乱,惟二浮图在。大殿、经阁址宛然新构,功未毕。其南厓号五松亭。亭亡,止余一松,王子端记之。碑阴刻刘治中涛诗。涛亦闻人。东北石屋号戒猴洞,洞中浮屠、石像及诸佛经刻在。石起高齐峰端,有檐甍隐隐,号金门寺云。有僧居,路险林深,游者罕到。会坐西轩,轩外竹成林。流泉琅琅,逾轩入竹,如檐溜声不绝。东南山缺,瞰川原。虽峭密不及黄华,而宏邃有过之者。寺有浴室,放泉以烧。且入浴,神体爽。继饭余,读张天觉《圣灯图记》及边德举寺碑文。顷之,复杖屦西上。厓北转,有大石方丈余,雪莹掌平,枕溪,号石席。上刻杜相公美所作铭,铭云:"溪石齿齿,溪水潺潺。鸣玉跳珠,水流石间。涓涓溪月,泠泠溪风。风吟松梢,月湛杯中。欲醉而歌,既醉而卧。悠悠千古,浮云之过。"充相人,辞清婉,字画亦遒逸可爱,即共坐赋诗。起而前,山特变化出奇。林益深密,时时仁立从容。霜已降,树林有改色者,于青翠中间,见红叶如春华。又清泉白石,举步如图画。天风卒至,树声与泉声杂,如笙竽、环珮交鸣;又若琴瑟未终,钟鼓迭起。日光下远,林阴萝影,玲珑斑驳,龙蛇篆隶交。余数人者坐其间,谈道论文,自谓:"虽此世抢攘,亦片日如仙耳。"又三四里,路穷岩合,势如黄华山。岩巅飞瀑下流,亦如黄华水。山疑楼阁刻画,削蜡裁金;水则络绎萦绵,千丝万络。乃共坐泉间容与,天晴月明,映玩逾佳。珠网玉旒摇动半天外,晶莹闪烁,姿态横生。溅雪跳冰,潭面蜂起。又相与赋诗道其事。岩下多大石，细流穿石镴作金铁声。旧有亭，号知胜，王子端作记，今无余迹。归途，题大石盒。晚出山，与公茂诸君别，第以不到天平为恨。还宿林虑，雨，留三日。九月朔雾，还相台。越重九之明日，东北行四十里，宿邺镇。镇，古邺地，有曹魏所建铜雀、金虎、冰井三台故基。暮登台置酒，西望太行，所谓黄华、祺谷，皆隐约可辨。漳水西来，如剑如练，络北台而东，盖河朔胜处也。且其地南控大河，西连上党，东扼齐魏，北负燕赵，实天下襟喉，此自古英雄如曹、袁、慕容、高氏所以多据依。又见故城隐嶙，冢累累相望，伤时吊古，良用慨然。徙倚至曛，宿南台道士舍。晓渡漳水，别玉峰南归。后月余，玉峰书来曰："尔当为予记之。"乃援笔识其始末。祁居代北，乡中名山已历游。尝谓太行魁天下，山富奇丽，志欲一览，然非偕巨公伟人不足称山之雄。玉峰，祁姑之夫也，高名大节，一世所推。乃今邂逅得从之游，诚遂所愿。方将阶此过苏门，扣百岩，访盘谷，登天坛，西游河汾，观砥柱，上中条，览太华，入秦中，以迄天下形胜。已与公有成约，会当治行。嗟乎，世之人皆驱驰智力，以金帛车骑相夸豪，而吾侪独玩心泉石，放浪于寂寞之境，要之各有乐，未可以为彼是此非。至于后世，又不知其孰得失，况古之圣贤莫不乐山乐水！若夫究地理、考土风、辨古今、识草木，皆不可谓亡益于学。姑从所好，以毕余生。或有笑其迂僻者，亦不得辞也。　乙卯春正月之望谨记。

北 使 记

　　兴定四年七月，诏遣礼部侍郎吾古孙仲端使于北朝，翰林待制安庭珍副之。至五年十月复命。吾古孙谓予曰："仆身使万里，亘天之西，其所游历甚异，喜事者不可不知也。公其记之。"自四年冬十二月初，出北界，行西北向，地浸高。并夏国前七八千里，山之东水尽东，山之西水亦西，地浸下。又前四五千里，地甚燠，历城百余，皆非汉名。访其人，云有磨里奚磨可里、纥里、迄斯乃蛮、航里、瑰古、途马、合鲁诸番族居焉。又几万里，至回纥国之益离城，即回纥王所都，时已四月上旬矣。大契丹大石者在回纥中。昔大石林麻，辽族也。太祖爱其俊辩，赐之妻，而阴蓄异志。因从西征，挈其孥亡入山后，鸠集群纥，径西北，逐水草居。行数载，抵阴山，雪石不得前，乃屏车，以驼负辎重入回纥，攘其地而国焉。日益强，僭号德宗，立三十余年死。其子袭，号仁宗。死，其女弟甘氏摄政，奸杀其夫，国乱，诛。仁宗者次子立，以用非其人，政荒，为回纥所灭。今其国人无几，衣服悉回纥也。其回纥国，地广袤，际西不见疆畛。四五月百草枯如冬。其山，暑伏有蓄雪。日出而燠，日入而寒。至六月，衾犹绵。夏不雨，迨秋而雨，百草始萌。及冬，川野如春，卉木再华。其人种类甚众，其须髯拳如毛，而缁黄浅深不一。面惟见眼、鼻。其嗜好亦异。有没速鲁蛮回纥者，性残忍，肉交手杀而啖，虽斋亦酒脯自若。有遗里诸回纥者，颇柔懦，不喜杀，遇斋则不肉食。有印都回纥者，色黑而性愿。其余不可殚记。其国王阇侍，选印都中之黔而陋者，火漫其面焉。其国人皆邑居，无村落。覆土而屋，梁柱檐楹皆雕木，窗牖瓶器皆白琉璃。金银珠玉、布帛丝枲极广，弓矢、车服、甲仗、器皿甚异。鳌鼊为桥，舟如梭然。唯桑五谷颇类中国，种树亦人力。其盐产于山，酿蒲萄为酒，瓜有重六十斤者。海棠色殊佳。有葱荔，美而香。其兽则驼而孤峰，牛而□脊，羊而大尾。又有狮、象、孔雀、水牛、野驴。有蛇四跗。有恶虫，状如蜘蛛，中人必号而死。自余禽兽、草木、鱼虫，千态万状，俱非中国所有。山曰塔必斯罕者，方五六十里，葱翠如屏，桧木成林，山足而泉。其俗衣缟素，衽无左右，腰必带。其衣衾茵幕悉羊毳也。其毳殖于地。其食则胡饼、汤饼而鱼肉焉。其妇人衣白，面亦衣，止外其目。间有髯者，并业歌舞音乐。其织纫裁缝皆男子为之。亦有倡优百戏。其书契、约束并回纥字。笔苇其管，言语不与中国通。人死不焚，葬无棺椁。比敛，必西其首。其僧皆发，寺无绘塑。经语亦不通，惟和沙洲寺像如中国，诵汉字佛书。予曰：嘻，异哉，公之行也。或张骞、苏武衔汉命使绝域，皆历年始归，其艰难困苦，仅以身免。而公以苍生之命，挺身入不测之敌，万里沙漠，嘻笑而还，气宇恢然，殊不见衰悴忧戚之态。盖其忠义之气素贮乎胸中，故践夷貊间若不出闾阃然。身名偕完，森动当世，凛乎真烈丈夫哉。视彼二子，亦无愧。故予乐为之书，以备他日史官采云。

右记三首，见陶九成《游志续编》。

<h2 style="text-align:center">古　意</h2>

秋江有芙蓉，颜色好鲜洁。褰裳欲采折，水深不可涉。严风下飞霜，芳艳空凋歇。怅望一长叹，临川无桂楫。

<h2 style="text-align:center">送雷伯威</h2>

朔风起天末，落木鸣空山。冰霜正凝冱，游子百里还。出郭送将别，徘徊上高原。如何睽离情，对此芳岁阑。壮士志四方，不须涕汍澜，人生非山海，会面亦不难。愿子崇明德，余功振文翰。长因东南鸿，惠我金玉言。

右诗二首，见《元音》。

逸事

事言补一则　　　　杨宏道叔能

平生交游赠予诗者多矣。惟刘京叔二篇尝吟咏之："忆昔逢君北渚秋，藕花香里醉轻舟。三年一别空回首，千里相思更倚楼。明月不随春物老，碧山长带暮云愁。天平松竹黄华水，早晚柴车得共游。"

"思君一日如三载，两寄诗来慰我心。尘土愈知人世隐，风烟遥见海门深。贫来笑我尝痴坐，乱后怜君更苦吟。历下亭前春水阔，遍舟何日重相寻？"

卷十四

归 潜 堂 记

刘子,朔方人,生于云中之浑源山水之间。髫龀从父、祖仕宦大河之南。初知诵读,偶属为童子学。少长习时文,为科举计。然亦时时阅古今词章,窃读史书,览古今成败治乱,慨然有功名心。未冠计偕,试开封礼部,中之。及庭而绌,于是始大发愤,以著述自力,颇为先达诸公所知。又结交当世豪杰,未有不与以文字往还者。旧有田淮水之阳,春夏在陈视耕获,秋冬必入汴避乱,且从诸公讲学。已而先大夫下世,遂经纪家事。然读书为文亦未尝少休。间四方交游来,把酒论文,谈笑连日夕,或留之旬月,不令去。时虽少年,未遂其进取心,而会友著书亦自乐无歝。岂知一旦时移事变,流离兵革中,生资荡然,僮仆散尽,从行惟骨肉数口、旧书一囊。由铜壶过燕山,入武川。几一载,始得还乡里。乡帅高侯为筑室以居。所居盖其故宅之址,四面皆见山。若南山、西岩,吾祖旧游。东为柏山,代北名刹。西则玉泉、龙山,山西胜处。故朝岚夕霭,千态万状。其云烟吞吐,变化窗户间。门外流水数支,每静夜微风,有声琅琅,使人神清不寐。刘子每居室中,焚香一炷,置笔砚楮墨几上。书数卷,偃息啸歌。起望山光,寻味道腴,为终日乐,虽弊衣恶食不知也。闲尝自念,幸生而为儒,忝学圣人之道。其平昔所志,修身治国平天下,穷理尽性至于命,进则以斯道济当时,退则以斯道觉后也。今当壮岁,遭此人变,更赖先人之灵,得返乡里。幸而有居以自容,将默卷静学,以休息其心力。况世路方艰,未可为进取谋,因榜其堂曰"归潜",且以张横渠东西二铭书诸壁。客有过而诘之曰:"今吾子生当乱世,政英雄奋发之秋,大而可以分疆据土,奉王命为诸侯;下而可以附雄藩巨镇,驰骋才谋取富贵。或如终童请长缨,入越,羁其王献北阙下,以功名著。不然,当效苏季子、司马长卿以文词谈说干人主,六印驷马耀乡俗。吾子奚独韬光晦迹,甘为弃物于一时,使平日所学眇不见锋焰,亦鄙陋之甚也。"刘子曰:"嘻,若亦不闻君子之道乎? 盖君子之道,以时卷舒。得其时而不进为固,失其时而强进为狂。且先顾其内之所有何如,亦不在夫外也。吾平生苦学,岂将徒老焉? 顾自鬻自求,贤者所耻;加之新罹蹇难,始欲自修,且将扫除吾先祖丘墓。果其后日为时所用,亦安肯不致吾君、泽吾民? 如或不然,虽终身潜可也。《易》曰:'龙德而隐,遁世无闷。'传曰:'君子若凤。治则见,乱则隐。'吾虽非圣贤,亦安敢不学乎? 若非知吾之志者也。"客既去,遂书于堂以记之,且歌曰:"南山漠漠兮,浑水洋洋。桂椒葱蔚兮,松柏青苍。清泉涌其下兮,白日暾以如霜。兕豹跧伏兮,鸾凤翩其来翔。世溷浊而不照兮,塞駓骋夫先路。荆榛翳以蒙达兮,野纵横其豺虎。矧余志之窴迁兮,了罕罕而畴伍。归欤! 归欤! 其潜于南山之下。"又歌曰:"潜于农挚之侣兮,潜于渔望之徒兮;顾惟不肖,岂敢与俱兮! 惟兹一堂,有琴有书兮,学其所不知,求进于圣途兮。潜乎! 潜乎! 亦可以为娱兮。嘻!"

归 潜 堂 铭 并序

寂通居士陈时可秀玉

"潜"之为言隐也。古之所谓隐君子者,无江海而闲,不山林而幽,盖藏器待时,乐天知命,不潜而潜者也。吾京叔之文之行有不可掩者,而以"归潜"名所居堂,第恐欲潜而不得耳。且吾闻之《易》曰:"君子之道,或出或处,或默或语。"应处而出非道,应出而处亦非道。语、默何异哉! 夫鱼不厌深矣,龙德则不然,升潜以其时。孔子,圣之时者也,乃所愿则学孔子。子谓颜渊曰:"用之则行,舍之则藏。"其论逸民则曰:"我则异于是,无可无不可。"艮,止也。圣人象是卦曰:"时止则止,时行则行。动静不失其时,其道光明。"庄周,阳挤阴助者也,至其举养生之道,亦引仲尼曰:"无入而藏,无出而阳,柴立其中央。"岂有吾圣门弟子反专于"潜"之一字者邪? 京叔以书求铭老夫,告京叔,能勿忘乎? 谨为铭曰:

仲尼驻车蚁邱浆，宜僚陆沈于其旁。夫妻臣妾登屋梁，季路往视渠以亡。但见虚室依颓墙，古人潜德不欲彰。那用此字书其堂？况君年甫三十强！撑肠拄腹经传香，文气浑尔诗笔昌。户外屦满名飞扬，吾恐自此饶荐章。远来乞铭何可当？拈出圣语语颇长：用之则行舍则藏，无入而藏出而阳。得时忌作天际翔，勿以深眇贤庚桑。归欤归欤且和光，铭哉铭哉幸无忘。

诗

定庵老人吴章德明

城上栖乌尾毕逋，归来小隐与时俱。高山流水谁同听？明月清风德不孤。富贵于人真暂热，文章照世足为娱。庙堂一旦求遗逸，只恐终南是仕途。

定斋居士李献卿钦止

落落奇男子，生有四方志。万言长策六钧弓，三尺太阿秋水似。不喜雕虫技，不作儿女悲。长安市上曾纵酒，奴命五陵年少儿。龙荒万里期一扫，踏碎轮台碛西岛。便调金鼎佐无为，凤池坐数汾阳考。世无礼乐二百年，追踪直拟三代前。嘉生叶气越唐舜，坐令米斗三四钱。谁知天地遽翻覆，沧海横流陷平陆。又如烈火焚昆山，孰辨顽石与真玉？平生事业安用为？携家径走南山陲。布衣粝食混渔钓，妻孥粗足常熙熙。数椽茅屋门横水，尽著光阴文字里。有时俯仰尘土间，扰扰干戈如斗蚁。我有一言君试听，乾坤万古真邮亭。但教定宇天光发，区区世间富贵何异蝇蠃与螟蛉？

河东白华文举 集句

天其未厌卯金刀，池上于今有凤毛。有才不肯学干谒，便入林泉真自豪。衣如飞鹑马如狗，野饭盈盘作葱韭。仰天大笑出门去，桃李春风一杯酒。列卿太史尚书郎，五更待漏靴满霜。何如一身无四壁，醉踏残花屐齿香。人物尤难到今世,浮云柳絮无根蒂。不须辛苦上龙门,秋水寒沙鱼得计。

西岗吕大鹏鹏举

扰扰人间世,荧荧风烛光。谁能逃厄数? 况复入吾乡! 岚秀充朝馂,冰弦响夜堂。堂中幽独否? 昆季足徜徉。

太原元好问裕之

南山老桂几枝分? 翰墨风流属两君。共说人间好敫向,争教茅屋著机云。备尝险阻聊乘化,力战纷华又策勋。却恐声光埋不得,皇天久矣付斯文。

王官麻革信之

逃渔鱼深处,避弋鸿冥飞。古来贤达士,亦复咏《采薇》。南山先庐在,兵尘怅暌违。山空无人居,惟见草木肥。翩然千年鹤,一朝复来归。新筑临浑水,行径窈以微。清流鸣前除,白云入晨扉。回头陵谷迁,万事倏已非。著书入理奥,得句穷天机。前路政自迫,此道傥可几。殷勤抱中璧,黾勉留余晖。第恐遁世志,还负习隐讥。永怀泉石上,一觞与君挥。惜无凌风翰,遐举非所希。

尘土悠悠浣客襟,一堂千古入幽潜。喧无车马云迎户,静有琴书月挂檐。浑水清泠通竹过,南山苍翠与天兼。遥知吟啸同云弟,剩有新诗洒壁缣。

仰山性英粹中

二陆归来乐有真,一堂栖隐静无尘。诗书足以教稚子,鸡黍犹能劳故人。瑟瑟松风三径晚,濛濛细雨满城春。因君益觉行踪拙,又为浮名系此身。

东城李微子微

沧海成田后,携家返故乡。披榛寻旧址,借力构新堂。山给窗扉翠，泉供枕簟凉。故田依浑水，别业胜淮阳。侍御遗风在，南山庆派长。是兰宜并秀，鸿雁自成行。经史胸中业，龙蛇笔下章。行当依日月，宁久事耕桑。尚父终辞渭，阿衡定佐商。飞潜无定迹，易道个中藏。

析津李惟寅舜臣

浩浩干戈里，怜君遂隐居。云蒸秋潭冷，月落夜窗虚。岁月杯中物，生涯几上书。潜中有真趣，吾亦爱吾庐。

地僻心偏远，人闲物自幽。功名真敝屣，轩冕等浮沤。野鸟从喧寂，山云自去留。一杯浊酒外，万事付休休。

蒲城薛玄微之

肯构茅堂养道真，满前俗事罢纷纭。磻溪夜钓波心月，汾曲春耕陇上云。长笑熊罴劳应梦，肯教猿鹤怨《移文》。斩新传得安心法，万壑松风枕上闻。

奔走红尘二十年，归来参破净名禅。忙开鞠径成嘉遁，静闭柴门草《太玄》。千嶂云岚真辋谷，一川风月小壶天。旱时若用商岩雨，应遍齐州九点烟。

故山泉石稳栖迟，纬国才名恐四驰。节信情高方著论，渊明心远更能诗。素琴黄卷真余乐，明月清风无老时。只恐葛龙潜不定，一声雷雨跃天池。

金城兰光庭仲文

几年踪迹寄兵尘，且喜归来见在身。满眼云山犹可隐，一庭松菊未全贫。定惭巧宦卢藏用，却爱成名郑子真。只恐池中非久处，伫看雷雨起天津。

渔阳赵著光祖

万里烟埃气尚炎，秋风携手赋"归潜"。当时北望长劳梦，今日南山副具瞻。鸿雁不飞闲日月，鹡鸰无语静依檐。遥思二陆犹如此，自愧区区未属厌。

河东张纬纬文

结庐高隐谢尘埃，浩气元从道学来。北阙云烟无梦到，南山草木觉春回。四时风月供吟笔，万古乾坤入酒杯。却恐汉庭须羽翼，鹤书未许老岩隈。

太原高鸣雄飞

高情谢氛埃，归隐南山隈。颓然一茅屋，萧洒无纤埃。胜概纷满前，怀抱长好开。舒啸野云乱，浩歌空翠来。瑶花晚夕静，相对挥清杯。太虚风露下，幽兴何悠哉！回首区中人，扰扰良可哀。

黄鹄入寥廓，龙性何能驯？英英刘处士，天子不得臣。卧老草堂月，吟尽南山春。野饭足藜藿，幽兰充佩纫。一杯石上酒，静见天地真。万虑此都寂，孰知名与身？灵运卧岩幽，子陵钓渚滨。神超物不违，异世等达人。我无玄豹姿，亦欲事隐沦。空歌《紫芝曲》，早晚由东邻。

邢台刘德渊道济

南国堂堂二"凤雏"，年来归隐旧茅庐。四围山水境何胜？一室琴书乐有余。长啸松林月明夜，行吟菜圃雨晴初。荒芜庭院人休诮，天下终期一扫除。

洛水刘肃才卿

屠龙破千金，梦觉人已非。二陆不可作，故山归采薇。江湖鸿雁乐，原隰鹡鸰飞。惆怅朱门客，思归不得归。

龙江张仲经

赢骖短仆行夷犹，西京才子云二刘。荒山穷僻厌岭寂，长裾遍谒东诸侯。手中虽无丈八矛，胸蟠河图与天球。有时吐出作灵瑞，坐令宇县还殷周。忆昨长鲸吞古汴，千里还家异乡县。筑堂故址号"归潜"，要使新诗走群彦。方今河朔藩镇雄，衣冠往往罗其中。两贤胡为独不出，埋光铲彩为冥鸿。朝亦潜，暮亦潜，东山不起吾何瞻？山中为问谁相识？白鸟孤云自入帘。

燕山张师鲁明道

岐路荆榛万险夷，丈夫出处不磷缁。莫夸荀氏八龙集，且羡陆家双凤仪。尘世浪随春夏改，寸心惟有鬼神知。蒲团泽几炉烟静，卧读黄庭乐圣基。

东明张特立文举

陵迁谷变海波翻，筑室渠能返故园。夜雨对床闲炼句，春风满座共开樽。都无北阙功名想，且喜南山气象存。才大到头潜不得，已传华莩出蓬门。

山东勾龙瀛英孺

世路艰难已饱经，归来一室晦虚名。任他沧海掀天恶，喜我南山照眼明。云气冷侵吟砚润，棣华香泛酒杯清。故园未遂归休志，惭愧刘家好弟兄。

续录 新增

浑源刘先生哀辞并序

郝　经

岁庚子，经甫逾童，获拜先生于馆舍，而遽南轫，阔越八九载。己酉春，先生往来燕、赵间，始得奉杖屦。格言、义训虽屡得闻，而顽钝椎鲁之资，杆棘而不入，是以尘心槁思，渴而未沃也。庚戌春，方负笈南迈，以遂抠衣之问，而凶讣掩至。继而其弟文季来，以先生易箦时所付一书四十篇曰《处言》见示，经再拜雪泣读之，其辞汪洋焕烂，高壮广厚，约而不缺，肆而不繁。其理则诣乎极而穷乎性命，于死生祸福之际尤为明析，非世之所谓文章、古所谓立言者也？于是感愚志之不卒，伤先生之不天，悯吾道之不竞，恨愤惋激，吐辞以哀之。呜唈扼吭，不复条贯。其辞曰：

浊河绝流大梁亡，日入地底阴磷光。百年秀孕赜大荒，文源湮汩甚滥觞。

三五在北辉其芒，姑为维持为主张。砭磾沈痼开膏肓，护籍偾踣扶颠僵。碧云双凤方翱翔，忽弱一个危乎姜。当年振羽来朝阳，竹花蹴落桐花香。岐山山头唤文王，一鸣燕雀惊且狂。总角独步高昂昂，旁魄瑰奇古锦囊。飚然声价腾且骧，飞蒙茸兮走陆梁。挺特温润直以方，有虞圭璋夏琮璜。波澜老成肆汪洋，洞庭万顷澄秋霜。上稽韩柳下苏黄，探道索古追羲皇。一编《处言》含天章，立意造语攀荀扬。呜呼天道其何量？既与之德不与昌，既与之年不与长。浑源之山空苍苍，相台台下天荒凉。元气索莫真宰藏，南山家世两渺茫。有弟有弟涕陨裳，有识有泪如清漳。莫桂酒兮陈椒浆，魂兮来归摧肝肠。魂兮不来空所望。呜呼天道其何量？

追挽归潜刘先生

王　恽

我自髫髦屡拜公，执经亲为发颛蒙。道从伊洛传心事，文擅韩欧振古风。四海南山青未了，一丘洹水恨何穷！泫然不为山阳笛，老屋吟看落月空。

乐 郊 私 语

〔元〕姚桐寿　著

李梦生　校点

校 点 说 明

　　《乐郊私语》一卷，元姚桐寿著。桐寿字乐年，睦州（今浙江桐庐）人。据杨维桢为桐寿兄椿寿所作墓志铭，知其系出唐姚崇，至崇孙秘书监姚合守睦，因家睦。椿寿生于大德四年（1300），桐寿当生此后不久。《乐郊私语》前有姚桐寿至正二十三年（1363）序，据序，桐寿于后至元中曾官余干教授，解官归里，自号桐江钓叟。至正十三年（1353）移居海盐，读书自娱，与当时名士杨维桢、贝廷臣、潘泽民等过从甚密，将所闻所见，撰成此书，因"天下土崩，余犹得拈弄笔墨如此，海上真我之乐郊也"，遂题之曰《乐郊私语》。

　　全书凡记三十一事，虽多为海盐一州之事，实概括了元末东南大事，颇资考证。其中记传闻轶事的条目，笔墨细致，刻画入微，饶有趣味。如写赵子固清高疏狂、也先不花闻潮声惊慌等事，均委婉生动。记绍兴间海盐丞谒乡大夫你睡我醒，最终未交一言而去事，明沈璟据以改编为杂剧《乜县丞竟日昏睡》，可见本书对后世之影响。

　　本书现知存世最早版本为明刊本，题"桐江钓叟姚桐寿乐年著，先懒居士郁嘉庆伯承校"。收入丛书者有明代《宝颜堂秘笈》、《续百川学海》，清代《学海类编》、《四库全书》等本。这次校点，以明刊本为底本，校以各丛书本，明显错字，径行改正。原书正文各条无标目，今据总目补入；原阙"海盐丞"一目，据文意补。

目　　录

乐郊私语序

　　余于后至元己卯教授余干，时同知州事为海盐沈彀仲实也。仲实开朗好读书，与余倾盖若平生欢，两人以为相见之晚，遂结姻盟，庶几久要不忘之义。乃不三四载，各以解官星散。忽于至正己丑，仲实奄弃宾客，余裹粮走海上哭之。刘夫人出拜余曰："老身惟一爱女，不欲远嫁，郎君婚期已近，倘能就婚，相倚为命，是未亡人之愿也。"余悲其言而许之。至岁壬辰，儿年十八，行将逆妇，老妻谓余曰："大儿已堪自立，此儿犹黄口，忍弃置海上乎？"遂夫妇移家于丰山之阳。至明年二月，始毕婚事。刘夫人复拜余曰："亡人所遗只一襁中婴孺，门户衰冷，所冀翁媪郎君为我支办。倘云此后终当离异，是非亡人托契于翁媪之意也。"余益悲其言，谓吾妇曰："世方扰扰，桐江迫处孔道所，必被兵。且此州僻悬海上，亦自可托，何必故乡？"遂定居州城，往来于丰阳别业之间，称此州寓公也。既而与新故知交若云间杨廉夫、嘉禾贝廷臣、潘泽民、张子晦、本州杨友直，时于春林夏泽，寻讨旧迹，遣拨旅怀。凡耳目之所睹记，有触于中，辄为条载，数年，不觉丛聚成帙，私为之叹曰："天下土崩，余犹得拈弄笔墨如此，海上真我之乐郊也。"遂题之曰《乐郊私语》，以就正于后之博达君子云。

　　至正癸卯春三月，桐江钓叟姚桐寿乐年叙。

乐郊私语

鲁 公 祠

余始至州，舟过鹿苑废刹，时方深秋，红树扶疏，隐映败楦破壁，大足供客中吟眺。因维梢登览，读壁间旧记，有鲁简肃公罗汉见梦事。括苍吴思齐题其旁曰："是法本平等，无怠亦无敬。如何证无生，却来见参政。"余谓阿罗汉自敬正人，不敬参政，简肃风范凛凛，载在史册，每一翻诵，未尝不想见其为人。及入城，谒所谓鲁公祠，祠旁有思鲁桥，壁端有卜筊词，州民有疑，辄问凶吉如响。公之精灵不昧，更有如此者。柱上有联云："鸟去古祠留鸟翼，名从青史识鱼头。"是县令蒋行简所书。

徐 湾 庙

天仙湖急递铺在城西十里，仅一大漾耳。湖旁相传有徐湾故居，湾得仙道者，后以委蜕仙去，故以名湖。然复有庙，神称徐王，盖误以徐湾为徐王也。庙后有老人甚褴缕，问之姓郭氏，乃宋枢相慎求之后，贫无以资，充铺长以自给。因出枢相诰身像赞相示，余摄衣冠拜之，乃分裹粮之余为赠。始知韩昌黎"不见三公后，饥寒出无驴"之句为不诬也。

六里山天册碑

六里山旧有石刻云："天册元年旃蒙协洽之岁，孟冬阳月日，维壬寅朔，石篑神遗忽自开发，拾得青石玺符文吴真皇帝。"共三十八字。余按吴天册元年为晋武帝咸宁元年，是年七月甲申晦日有食之，则孟冬朔非甲申则乙酉也,壬寅当在望后,安得有壬寅朔乎? 此必里人伪为符瑞,漫不考其日月,以悦世主于一时耳。

刘伯温论南龙

括苍刘伯温多才艺,能诗文,尤善形家言。尝以儒学提举得相见于钱塘,后十年所,刘已解官,复见于海盐之横山,把臂道故,至于信宿。谓余曰:"中国地脉俱从昆仑来,北龙、中龙人皆知之,惟南龙一支从峨嵋并江而东,竟不知其结局处。顷从通州泛海至此,乃知海盐诸山是南龙尽处。"余问何以知之,刘曰:"天目虽为浙右镇山,然势犹未止,蜿蜒而来,右束黟、浙,左带苕、霅,直至此州长墙、秦驻之间而止。于是以平松诸山为龙,左抱以长江、淮、泗之水,以庆、绍诸山为虎,右绕以浙江、曹娥之水。然诸水率皆朝拱于此州,而后乘潮东出,前复以朝鲜、日本为案。此南龙一最大地也。"余问此何人足以当之,曰:"非周、孔其人不可,然而无有乎尔,吾恐山川亦不忍自为寂寂若此也。"

丙申日斗

至正丙申三月日晡时,天忽昏黄,若有霾雾,市中喧言天有两日。予立庭中视之,初以老眼不能正视,眩然若有数日,久之果见两日交而复开,开而复合者凡数千百遍,回视窗隙壁窦,皆成两圆影,若重黄卵,亦复开合不常。此数十年来目所未睹之异也。发书占之,李淳风曰:日不可有二,风霾日无光,占为上刑急,人不乐生。又日变色,有军急,其君无德,其臣乱国。嗟嗟,今岂其时乎!

杨完者武林之捷

十六年五月,声言张兵南下。杨参政完者以数万众屯嘉兴,军容甚盛,先锋吕才以七千众屯王江泾,商旅不行,川途严肃。张兵遂不敢取道嘉禾,乃自平望乌墩直捣武林。达丞相以为杨当必扼其锋,漫不为备,及敌已入境,仓皇出拒,遂至破军杀将,达仅以身免。杨得破城之问,乃跌足曰:"罪诚在我!"即统苗土官军分为三路,使蒋英从大麻、唐栖,董旺从硖石、长安,身率刘震、朱钺从海盐黄湾而进,以吕才、吕升屯守嘉兴。张军知杨分路而来,遂应接不暇,一败于皋亭山,再败于谢村,三战而败于夹城巷。张军悉溃,水从德清,陆从海盐遁还。初,杨过海上,余与杨别驾郭大理谒之,劝其留兵三千遏其归路,杨云此行贼且成擒,安得有归者,不听。已而竟得纵逸而去。

德 藏 僧 真 谛

德藏寺在县北五十里。寺虽濒市,亦深静可憩。国初,有僧真谛性若戆呆,而恪守戒律,第为寺中樵汲而已。时有国师杨连真伽来寓寺中,声言欲发天女等墓,然皆古冢,实无意开发。意以云间陆左丞爱女及朱提举夫人皆以有色夭死,闻用水银装殓,欲发尸淫秽之耳。及杨下令,果及二墓。真谛闻之,怒形于色。众僧惧其以戆致祸,苦为阴劝。及杨五鼓肩舆发众出寺,真谛忽起,抽韦驮木杵奋击。杨命擒之,时众虽数百,皆披荡不能拒,伤者凡百余人,至有头破臂折者。人见真谛于众中超跃每逾寻丈,若隼撇虎腾,飞捷非人力可到,一时灯炬皆灭,穰锄畚锸皆为段坏。杨大惧,谓是韦驮显圣,遂不敢往发,鼓柁率众而去,亦不敢问此僧也。后二年,真谛行脚峨嵋,不知所往。

黄 郎 中 庙 碑

州衙前有黄郎中庙,相传是前代贤令,故立庙于此。考之旧记,惟绍兴间有黄昱,乾道间有黄纶,然庙为何执中重建,则何又先于二黄,竟不知为谁。按重修碑记云:黄公不知何代,不知何名,亦不知何许人,惟此中旧老云:公为县有善政入民,民不解于心,相与尸祝者又不知几何年。今庙且颓圮,民复奉主环泣请余新之。余惟人莫亲于祖先,然亲尽则毁。兹黄公以前朝一令,世何远也。世远则政隔,泽无及也,世与泽两不可知,则心所不属也,而民犹恋恋若不释然者,是岂人情哉！我知其以前令劝后令耳。以为彼善为民,民亦不忘,虽千百世不改,则今之为牧者曷不尽若黄公,使后世不忘,若今日之不忘黄公也。余亦勉承民志,重为建祠,以副其不忘黄公者。余岂敢望民不忘如黄公也哉！此记亦大有关于为政者,故录于此。

赵 子 固

赵子固,宋宗室也。入本朝,不乐仕进,隐居州之广陈镇。时载以一舟,舟中琴书尊杓毕具,往往泊蓼汀苇岸,看夕阳,赋晓月为事。尝到县,县令宣城梅黻到船谒公,公飞棹而去。梅伫立岸上,言曰:"昔人所谓名可闻而身不可见,殆谓先生欤?"公从弟子昂自苕中来访,公闭门不纳,夫人劝之,始令从后门入,坐定,第问:"弁山、笠泽近来佳否?"子昂云:"佳。"公曰:"弟奈山泽佳何?"子昂惭退。公便令苍头濯其坐具,盖恶其作宾朝家也。余生也晚,乃少从妇翁得见子昂,今虽身寓公里第,有想象鼓棹行吟胜处耳。至于子昂风神美丽,而和易可亲,文章书绘人号三绝,若夫怂恿彻里竟诛桑哥之奸,亦当代第一流人也。

税 务

税务在安仁桥西十五步,务为宋枢密郭三益彰庆馆基也。余悲此地昔为迎宾文酒之所,今为剥敛叫嚣之场,前后何雅涸悬隔也。近来盗贼四起,在在用兵,课赋无艺,即税额一节,往往增加无算,市中不堪其扰。当延祐间,程文宪条言江南茶盐酒醋等税,近来节次增添,比初时十倍。今又逐季增添,正缘管课程官虚添课额以诳上司,其实利则归己,虚额则张挂欠籍云云。奉仁宗皇帝圣旨,诸色课程从实恢办。既许从实,岂可虚增？除节累增课额实数,及有续次虚增数目,特与查照,并行蠲减,从实恢办。明旨凛然,今但挂壁而已。

贡　师　泰

张氏之陷平江也，总管宣城贡师泰怀印脱身，易姓名为端木氏，隐居云间，时一往来海上。尝寓于资圣寺，与僧寿量相得甚欢。寿量有戒行，尝绝江浮淮以游湖湘之间，泛彭蠡，过洞庭，登祝融，望大庾，还至天目，传法于中峰大师，行脚于四远凡三十年，于是归隐于寺。题其栖禅之室曰大隐。贡因述其意作《大隐记》，记载《礼部集》，文多不具载。

杨　元　坦　行　状

杨友直元坦，尝于后至元间判余干，与余情昵，而福儿托契仲实同守，友直实为合二姓之好，然未尝悉其上世所从来。兹卜居丰阳，去友直所居仅一舍，因得拜其先茔及高曾已下诸像，乃知杨氏为宋文公亿之后，有以武功起家者，土著盐之澉浦。高祖春，宋武经大夫，国朝赠中宪大夫、松江知府、上骑都尉，追封弘农郡伯。曾祖发，宋右武大夫、利州刺史、殿前司选锋军统制官、枢密院副都统，国朝内附，改授明威将军、福建安抚使，领浙东西市舶总司事，赠怀远大将军、池州路总管、轻车都尉，追封弘农郡侯。祖梓，嘉议大夫、杭州路总管致仕，赠两浙都转运盐使、上轻车都尉，追封弘农郡侯，谥康惠。父模，敦武校尉、赣州路同知、知宁都州事，卒于官，友直生方晬耳。母周夫人携孤扶榇而归，时康惠公及陆夫人与模生母訾夫人相与保护。至泰定丁卯，康惠薨逝，友直已年二十余矣。为人倜傥多才，好学不倦，能嗣其先德。江浙财赋总管韩仲山重其才，以女妻之。比官上饶，通守常州，所在著积。方将振其家声，而天不悔祸，复于至正丁酉溘然长逝，春秋仅五十有五。少寡遗孤，茕茕在疚。伤余结契仲实，不幸早逝，惟友直足为旅人相依，今复尔，则信乎其命之穷也。嗟乎！友直往矣，无以报称，惟应状君世德及所行事以请于当代大方，为友直不朽计耳。

张士信杉青之败

丁酉八月,张氏以水师数万来攻嘉兴,羽檄星驰,川陆戒严。海盐自州佐巡场以下,皆统兵北屯,半逻新丰,广陈以备他道,州城闭塞兼旬,民间米谷骤踊,而薪爨不属,多破斫檐柱几榻而炊。杨完者以大军四伏,使小舟数十百艘饵之。敌樯橹蔽天排川而下,追至杉青。东西岸多积苇以待,时南风大作,岸上举火,敌舟焚燎,至四十里不止,死者甚众。遂舍舟登陆,进逼城下,战于东瓜堰,大破之,斩首万七千级,俘者数千。张氏统军张士信以伏水遁还。然完者凶肆掠人货钱,至贵家命妇室女,见之则必围宅勒取,淫污信宿,始得纵还。少与相拒,则指以通贼,纵兵屠害。由是部曲骄横,凡屯壁之所家户无得免焉。民间谣曰:“死不怨泰州张,生不谢宝庆杨。”善乎余廷心之言曰:“苗獠素不被王化,其人与禽兽等,不宜使入中国,他日为祸将不细。”今若此,何其言之若持左券也。

杭 州 新 城 碑

张氏既归命本朝,兄弟相继拜太尉、平章之命,乃于十九年秋七月,大城武林,至起平、松、嘉、湖四路官民以供奋筑。虽海盐一州,发徒一万二千,分为三番,以一月更代,皆裹粮远役。而督事长吏,复藉之酷敛,鞭扑棰楚,无有停时,死者相望。至本年十月,始得讫功。凡费数十百万,而新城碑记至以南仲山甫为譬,其辞有曰:“有嘉太尉,克绥我民。畴其相之,平章弟昆。”又曰:“我作我息,我出我入。变呻为讴,伊谁之力。”岂不惭觍斯言也乎!

范 巡 检

州濒海,盐为国利,然亡命得以私贩擅之,每操兵飞棹,往来贾贩,虽吏兵莫之敢撄。至正丁酉,滦城范廉卿以荫补芦沥巡检。其为人恂恂儒者，顾长骑射，无论鸟兽，不及飞窜，虽海涂上跳鱼子蟹之细捷，射之百不失一。夜每悬火竿上，去竿三百步，从暗中射火，无不灭也。于是亡命心惧，毋敢于州北私贩，境内为之肃然。先是，本路推官陈春以平反盐狱数百人见称，至是本路大僚曰："使巡官人人如范，何必陈司理平反也。"

西 域 种 羊

楚石大师为沙门尊宿，尝从驾上都，有《漠北怀古》诸作。余尝读其"自言羊可种，不信茧成丝"之句，疑以为羊可种乎？因以问师，师曰："大漠迤西，俗能种羊。凡屠羊用其皮肉，惟留骨，以初冬未日埋着地中，至春阳季月上未日为吹笛咒语，有子羊从土中出。凡埋骨一具，可得子羊数只。"此盖四生胎外之化也，亦不足怪，特非中国所有，致生疑耳。后读浦江吴立夫《西域种羊皮书褥歌》云："波斯国中神夜语，波斯牧羊俱杂虏。当道剚刀羊可食，土城留种羊胫骨。四围筑垣闻杵声，羊子还从胫骨生。青草丛抽脐未断，马蹄跁铁绕垣行。羊子跳踉却在草，鼠王如拳不同老。饫肉筵开塞馔肥，裁皮褥作书林宝。南州侠客遇西人，昔得手褥今无伦。君不见冰蚕之锦欲盈尺，康洽年来贫不贫。"此又云以胫骨种之，与琦师目见之者不同也。盖波斯国别有种法，如吴诗所闻耳。

三 州 守

州学在净业寺南，神宇斋舍，颇亦弘厂。有至元六年知州赵孟贯、贾禧重修碑，至正六年知州叶彦中再修，亦有碑。然三州守皆贤，有治声于当时。赵字子唯，台州黄岩人，治海上有惠政，民到于今犹念之。其祖子英为宋宗正少卿，南迁时以宗室从为黄岩丞，遂家焉。有子六人，皆以文学登膴仕。至其孙师渊为太常丞，师夏为判宗，皆受业于紫阳之门，且缔姻焉。故能以礼世其家，施于有政云。贾字吉甫，宛丘人。能行之以正，限之以信，群佐若卑弟生之听严传，老胥肃然若家老之奉其尊也。叶字大中，松阳人。尝以才敏有风操为江南行御史台架阁管勾，所至皆有休绩可纪。至于留神庠校，崇道重学，则三君之雅意均也。

鲁 訔 杜 诗 注

杜少陵集自游龙门至过洞庭诗目次第为此州先正鲁訔季钦编定，大都一循少陵生平行迹，亦可以见其诗法升降，亦随其年自少而壮而老，愈入于细而化也。注脚多所补益，极为后学借资，第音切类多吴音。其他注释如以“铁马汗常趋”为昭陵石马果常有汗，以“空同小麦熟”为不近武威，“林间踏凤毛”踏字为跨字之误，“汝与山东李白好”以山东为东山，“天阙象纬逼”以天阙为天阅，“江月满江城”以江月为秋月，“赤骥顿长缨”以缨为辔之类，不免为杜集增累。

张 文 穆 公

州弟子员张炯子晦，卓荦有奇表，与予为道义交。每言其祖文穆公受知于世祖皇帝，尝被召入便殿，问当时急务。时方隆冬，上以所坐貂褥撤赐命坐，别以他褥进御。公所上数十条，皆当时切要，上命执政以次第举行。而桑哥、卢世荣辈以罢冗官一条为侵夺朝权，詈声朝堂，曰：“何物蛙虾儿，遽欲夺吾柄邪？”夜令健儿俟之途，将甘心焉。幸中表赵文敏知之，邀还邸中，得免。明日虽拜翰林承旨，寻以惧祸病免。及卢桑伏诛，诏还前官，大德间以老疾不起，时论惜之。有集若干卷行于世。

澉 浦 市 舶

澉浦市舶司，前代不设，惟宋嘉定间置有骑都尉监本镇，及鲍郎盐课耳。国朝至元三十年，以留梦炎议置市舶司。初议番舶货物十五抽一，惟泉州三十取一，用为定制。然近年长吏巡徼上下求索，孔窦百出，每番船一至，则众皆欢呼，曰："呕治厢廪，家当来矣。"至什一取之，犹为未足。昨年番人愤愤，至露刃相杀，市舶勾当，死者三人，主者隐匿不敢以闻。射利无厌，开衅海外，此最为本州一大后患也。

也 先 不 花

潘从事泽民尝为余言：本州达鲁花赤也先不花，本北人，以至正三年至海上。时方八月，秋涛大作，潮声夜吼，震撼城市。不花初至，闻此，夜不敢卧，起问门者。门者熟睡，呼之再三，始从梦中答曰："潮上来也。"及觉，知是官问，惧其答迟，连声曰"祸到也，祸到也"，狂走而出。不花误听，遂惊跳入内，呼其妻曰："本冀作达鲁花赤，荣耀县君，不意今夕共作此州水鬼。"遂夫妇号泣，合门大恸。外巡徼闻哭传报，州正佐官皆颠倒衣裳来救，以为不花遭大变故也。因急扣门，不花愈令坚闭，庶水势不得骤入。同寮益急，遂破扉倒墙而入，见不花夫妇及奴婢皆升屋大呼救我，同寮询知，不觉共为绝倒。乃知唐人"潮声偏惧初来客"为真境也。不花今为参知政事。

天 裂

己亥秋九月晦，余晓诣嘉禾。时晓星犹在树杪，忽西南天裂数十百丈，光焰如猛火，照彻原野，一时村犬皆吠，宿鸟飞鸣。余谛观其裂处，蠕蠕而动，中复大明，若金融于冶铸者。少时方合。操舟者谓余曰："此天开眼也。"彼不知天者至尊，裂者极祸，关系岂藐小乎哉！是年冬十二月，有州东赵氏家屠豕，脱治已竟，既出肺肠，其肠忽蜿蜒疾行，虽健蛇不若也，主人追之不能及，遂出城遇海而止。此盖国家有心腹肾肠之人归向，宽大容蓄之象也。

朴 知 义

州民有朴知义者，家翁庄堰。幼生而不慧，至八岁不语。一日俄谓其母曰："今日墙外牛斗，娘可避之。"举家骇而且喜。已而邻人之牛果斗墙外。是后复不言。数日，复言有官兵来。未几，张军从云间来。自此言无不验，四方挟钱帛来问者如见神明，家至骤富。然见人有凶事，辄指而告之如响，由是人见之始多面如死灰，惟恐其有恶言也。母因戒之，其后惟母告之言则言。年十九始娶，与其妻一接而殒。此虽人妖，亦似乎保真通灵，故能前知如此。及少近妇人，忽焉灭没，殆真泄而神与之俱亡，无足怪也。

金粟寺放光记

金粟寺有康僧会身像，余于至正癸巳始得顶礼。明年春，余以伯兄见背，到寺礼忏，复与潘广文泽民检发唐代所书三藏，然零落过半，惟《华严》、《法华》、《楞严》、《宝积》、《维摩》、《长阿含》及诸律论之半犹完整不坏。翻阅逾旬，忽于晡时作礼像前，见像眉间有光，须臾光若白线，袅袅而出，盘绕华盖而上。余遂鸣钟聚僧，称佛名号，礼拜赞颂。至暮而光复从眉间收摄，人人叹为稀有。泽民因作《放光记》纪其事曰：夫佛者觉也，觉者灵照不灭也。含之可以内照六根，放之可以旁烛三界。此从七佛至于未来圣尊，一光相续而常照者也。第能保光于无始，常照而不断，则虽百千万劫，此光常若如新。粤自汉年觉光东度，迄于吴代犹未该被，于是康法师以舍利示感，始辟法门于吴会，传像教于江左，是盖以身光照摄东南四生之祖也。既而立化天禧，腾身金粟，灵像栖托，实在于广慧焉。甲午之春三月十有三日，前教授余干桐江姚桐寿乐年，以孔怀之戚，礼忏像前，忽眉间若有白云一线出于针孔者，蜿蜒少时，遂若朱蛇游雾，欻闪盘旋，难以名状。久之，或若虹拳，或如波曲，或延袤长引，或轮囷成晕。时佛日朗映，俄见天地楼阁，皆成五彩，似从放光石中看金碧世界也。于时大众惊叹，此瑞为世稀有。余以为此宁独法师觉光常照而已哉，要亦以广文宿习圆满，今之虔祷，发于天情，故与灵契冥格，若以铁击石，以木钻燧，感极而光灵示现之耳。此一光也，更不特为广文感极之证，而见前千万善信莫不摄身神光之内，各为照彻因地，使信心复萌，此又法师了却过去劫中普照群有之一大愿力也。余身被灵瑞，五体投地。援笔记此，为后学启信。

秦 桧 像 赞

州著姓常氏，自忠毅公与秦桧不合，退居海上，遂家焉。其后有号蒲溪者，亦官参知政事，入本朝，子孙多不学。尝言有厥祖遗像一幅，以兵乱失之，后复得之民间，因出以示余。其像瘦恶而髯，带貂蝉冠，上有赞曰："佑时生甫，同德暨汤。治格一隆，力成再造。长乐温清，遂明王孝理之心；海宇阜丰，跻斯民仁寿之域。公功棐迪，帝庸作歌。列辟具瞻，谓相君之形惟肖；睿辞敦奖，见王者之制坦明。郁郁乎其文哉，皓皓不可尚已。"其后题曰："绍兴龙集壬申仲春谷旦，门下士武原鲁璪拜赞。"余甚疑之。此赞似宰相，两常公皆不得柄国，奈何有此？后检宋范茂明集，有《代贺秦太师画像启》，乃知此赞是摘启中数语为赞耳。此盖桧像，而子孙爱重此启，摘去和戎等语，而借以为赞也。年代既久，沦落民间，为常氏所得，复以鲁璪为本州人，益信而不疑耳。不知鲁中绍兴甲午赵逵榜，桧方柄国，故称门下，第不识茂明何故代璪作启。余备录以示，常氏不以为然，愈益珍重。嗟嗟，是忘乃祖之仇而拜其仇也，子孙诚不可不学如此！

缪 同 知

嘉兴通守缪思恭，当张氏来攻嘉兴，杨完者命缪典火攻，我师遂大捷。既而张氏归命，因大城武林，檄缪统所属工徒以赴其役。张阴属其弟士信乘此戮辱之。众皆为缪心战，缪不以介意。缪当治西北面数十百丈，以松江路工徒属之。缪每事作则先人，止则后众，劳来督罚，殊得众心，由是视他所筑愈益坚好，士信亦无奈何。忽一日，巡工至缪所辖地分时，日已虞渊，而工犹未辍。士信曰："日出而作，日入而息。汝何独劳民如此？"缪曰："平章礼绝百司，犹敬共皇命，日夕尚勤畚锸，况为之民者，敢偷余晷？"士信曰："此人口利如锥，何怪杉青闸畔，烈烈逼人。"缪曰："今幸太尉革面，国家借此得成奖顺之典。若念杉青之役，犹恨不力，纵逸平章耳。"士信曰："别驾好将息，言及杉青，犹能使人肉跳不已。"

大　成　乐

余读海盐州学黄侍讲《大成乐记》，言真州贝君身为考其度数齐量，范金为钟，而协以古律管，彼此适均，吹其律而钟自应。至于琴瑟，亦率自制云云。余心甚慕之。及甲午春祭，以余家所藏崇宁大晟乐大吕、无射二钟，持与考击，则比余所藏声益加高判不相协，余乃窃叹曰："彼贝君者，果足与言乐乎？金既如此，丝石可知。知其声者，则州之丧没匪久矣。"按大晟乐，国初东平严氏一承宋旧者也。当宋徽庙时，有魏汉津者，以一蜀黔卒为造此乐。且以帝皇制乐，实自其身得之，请以徽庙中指三节三寸定黄钟之律，蔡京亦从臾其说，即使范金裁石，用之郊庙，至颁其乐于天下。然徽庙指寸视人加长，而乐律遂高，虽汉津亦私谓其弟子任宗尧曰："律高则声过哀，而国乱无日矣。当今圣人其身出而身遭之乎？"未几遂有靖康之祸。今州学钟高倍崇宁，则宜乎州之日阽危于清河锋镝也。第所谓考其度数、协以古律者，岂别有出于缇室葭灰之外者乎？

杨　氏　乐　府

州少年多善歌乐府，其传皆出于澉川杨氏。当康惠公存时，节侠风流，善音律，与武林阿里海涯之子云石交善。云石翩翩公子，无论所制乐府散套，骏逸为当行之冠，即歌声高引可彻云汉，而康惠独得其传。今杂剧中有《豫让吞炭》、《霍光鬼谏》、《敬德不伏老》，皆康惠自制，以寓祖父之意，第去其著作姓名耳。其后长公国材、次公少中，复与鲜于去矜交好。去矜亦乐府擅场，以故杨氏家僮千指，无有不善南北歌调者。由是州人往往得其家法，以能歌名于浙右云。

海　盐　丞

相传绍兴间有海盐丞,简傲不羁,志轻一世。尝谒一乡大夫,主人偶迟迟而出,丞故好睡,比主人出则丞已鼾声如雷矣。主人以客睡,不敢呼,亦复就睡。及丞觉,亦以主睡,不敢呼,更复就睡如初。究之主客更相卧醒,至日没,丞起而去,竟不交一言。赵子固爱其事,为作图,纪其说于上,置之座右,曰:"此二人大有华胥风气,足以箴世之责望宾主者。"

杨　廉　夫

杨廉夫寓云间,及余到海上,时一过余。岁壬寅冬,杨从三泖来,宿余斋头。适就李贝廷臣以书币为萧山令尹本中乞吴越两山亭志,并选诸词人题咏,于时杨尹已移官嘉禾矣。杨即为命笔,稿将就,夜已过半,余方从别室候之。俄门外有剥琢声,启扉视之,则皆嘉禾能诗者也。余从壁间窥之,率人人执金缯乞杨留选其诗。杨笑曰:"生平于三尺法亦有时以情少借,若诗文则心欲借眼,眼不从心,未尝敢欺当世之士。"遂运笔批选,止取鲍恂、张翼、顾文烨、金炯四首,杨谓诸人曰:"四诗犹为彼善于此,诸什尚须更托胎耳。"然被选者无一人在。诸人相目惊骇,固乞宽假,得与姓名,至有涕泣长跪者。杨挥出门外,闭关灭烛骂曰:"风雅扫地矣!"

陈　彦　廉

州诗人陈彦廉好作怪体,兼善绘事。其母庄本闽人,父思恭商于闽,溺死海中,庄誓不嫁,携彦廉归本州抚育,遂成名士。彦廉有才名,交往多一时高流,最与黄公望子久亲昵。彦廉居硖石东山,终身不至海上,以父溺海故也。子久岁一诣之,至则必到海上观涛,每拉彦廉同往不得。已偕至城郭,黄乞与同看,陈涕泣曰:"阳侯吾父仇也,恨不能如精卫以木石塞此,何忍以怒眼相见?"子久亦为之动容,不看而返,因为作《仇海赋》以纪其事。

历代笔记小说大观总目

汉魏六朝

西京杂记(外五种) ［汉］刘歆 等撰　王根林 校点

博物志(外七种) ［晋］张华 等撰　王根林 等校点

拾遗记(外三种) ［前秦］王嘉 等撰　王根林 等校点

搜神记·搜神后记　［晋］干宝 陶潜 撰　曹光甫 王根林 校点

世说新语　［南朝宋］刘义庆 撰　［梁］刘孝标注　王根林 标点

唐五代

朝野佥载·云溪友议　［唐］张鷟 范摅 撰　恒鹤 阳羡生 校点

教坊记(外七种) ［唐］崔令钦 等撰　曹中孚 等校点

大唐新语(外五种) ［唐］刘肃 等撰　恒鹤 等校点

玄怪录·续玄怪录　［唐］牛僧孺 李复言 撰　田松青 校点

次柳氏旧闻(外七种) ［唐］李德裕 等撰　丁如明 等校点

酉阳杂俎　［唐］段成式 撰　曹中孚 校点

宣室志·裴铏传奇　［唐］张读 裴铏 撰　萧逸 田松青 校点

唐摭言　［五代］王定保 撰　阳羡生 校点

开元天宝遗事(外七种) ［五代］王仁裕 等撰　丁如明 等校点

北梦琐言　［五代］孙光宪 撰　林艾园 校点

宋元

清异录·江淮异人录　［宋］陶谷 吴淑 撰　孔一 校点

稽神录·睽车志　［宋］徐铉 郭彖 撰　傅成 李梦生 校点

贾氏谭录·涑水记闻 ［宋］张洎 司马光 撰 孔一 王根林 校点

南部新书·茅亭客话 ［宋］钱易 黄休复 撰 尚成 李梦生 校点

杨文公谈苑·后山谈丛 ［宋］杨亿口述、黄鉴笔录、宋庠整理 陈
师道 撰 李裕民 李伟国 校点

归田录(外五种) ［宋］欧阳修 等撰 韩谷 等校点

春明退朝录(外四种) ［宋］宋敏求 等撰 尚成 等校点

青琐高议 ［宋］刘斧 撰 施林良 校点

渑水燕谈录·西塘集耆旧续闻 ［宋］王辟之 陈鹄 撰 韩谷 郑世刚
校点

梦溪笔谈 ［宋］沈括 撰 施适 校点

麈史·侯鲭录 ［宋］王得臣 赵令畤 撰 俞宗宪 傅成 校点

湘山野录 续录·玉壶清话 ［宋］文莹 撰 黄益元 校点

青箱杂记·春渚纪闻 ［宋］吴处厚 何薳 撰 尚成 钟振振 校点

邵氏闻见录·邵氏闻见后录 ［宋］邵伯温 邵博 撰 王根林 校点

冷斋夜话·梁溪漫志 ［宋］惠洪 费衮 撰 李保民 金圆 校点

容斋随笔 ［宋］洪迈 撰 穆公 校点

萍洲可谈·老学庵笔记 ［宋］朱彧 陆游 撰 李伟国 高克勤 校点

石林燕语·避暑录话 ［宋］叶梦得 撰 田松青 徐时仪 校点

东轩笔录·嫩真子录 ［宋］魏泰 马永卿 撰 田松青 校点

中吴纪闻·曲洧旧闻 ［宋］龚明之 朱弁 撰 孙菊园 王根林 校点

铁围山丛谈·独醒杂志 ［宋］蔡絛 曾敏行 撰 李梦生 朱杰人 校点

挥麈录 ［宋］王明清 撰 田松青 校点

投辖录·玉照新志 ［宋］王明清 撰 朱菊如 汪新森 校点

鸡肋编·贵耳集 ［宋］庄绰 张端义 撰 李保民 校点

宾退录·却扫编 ［宋］赵与时 徐度 撰 傅成 尚成 校点

桯史·默记 ［宋］岳珂 王铚 撰 黄益元 孔一 校点

燕翼诒谋录·墨庄漫录 ［宋］王栐 张邦基 撰 孔一 丁如明 校点

枫窗小牍·清波杂志 ［宋］袁褧 周辉 撰 尚成 秦克 校点

四朝闻见录·随隐漫录 ［宋］叶少翁 陈世崇 撰 尚成 郭明道 校点

鹤林玉露 ［宋］罗大经 撰 孙雪霄 校点

困学纪闻 ［宋］王应麟 撰 栾保群 田松青 校点

齐东野语 ［宋］周密 撰 黄益元 校点

癸辛杂识 ［宋］周密 撰 王根林 校点

归潜志·乐郊私语 ［金］刘祁 ［元］姚桐寿 撰 黄益元 李梦生
　　校点

山居新语·至正直记 ［元］杨瑀 孔齐 撰 李梦生 庄葳 郭群一
　　校点

南村辍耕录 ［元］陶宗仪 撰 李梦生 校点

明代

草木子(外三种) ［明］叶子奇 等撰 吴东昆 等校点

双槐岁钞 ［明］黄瑜 撰 王岚 校点

菽园杂记 ［明］陆容 撰 李健莉 校点

庚巳编·今言类编 ［明］陆粲 郑晓 撰 马镛 杨晓波 校点

四友斋丛说 ［明］何良俊 撰 李剑雄 校点

客座赘语 ［明］顾起元 撰 孔一 校点

五杂组 ［明］谢肇淛 撰 傅成 校点

万历野获编 ［明］沈德符 撰 杨万里 校点

涌幢小品 ［明］朱国祯 撰 王根林 校点

清代

筠廊偶笔 二笔·在园杂志 ［清］宋荦 刘廷玑 撰 蒋文仙 吴法源
　　校点

虞初新志 ［清］张潮 辑 王根林 校点

坚瓠集 ［清］褚人获 辑撰 李梦生 校点

柳南随笔 续笔 ［清］王应奎 撰 以柔 校点

子不语 ［清］袁枚 撰 申孟 甘林 校点

阅微草堂笔记 ［清］纪昀 撰 汪贤度 校点

茶余客话 ［清］阮葵生 撰 李保民 校点